Im Gegensatz zum richtigen Leben, hat ein Kriminalroman meistens ein Happy End

Hans-Jürgen Soll

Nebenwirkungen: Tod

Kriminalroman

Bibliografische Information der Deutschen Nationalbibliothek:

Die Deutsche Nationalbibliothek verzeichnet diese Publikation in der Deutschen Nationalbibliografie; detaillierte bibliografische Daten sind im Internet über http://dnb.dnb.de abrufbar.

© 2017 Hans-Jürgen Soll

Herstellung und Verlag: BoD – Books on Demand, Norderstedt

ISBN: 978-3-7431-0909-4

ID: 1 | Prolog

"Vergib mir, Herr", dachte der Krankenhausseelsorger, "aber manchmal hasse ich meinen Beruf. So wie jetzt. Wo soll ich denn hier nur noch etwas Gutes sehen?"

Ihm gegenüber saß eine junge Frau mit zwei kleinen Kindern. Obwohl er sich sehr bemühte, behutsam und einfühlsam zu sein, hatte er zwei Heulkrämpfe der Frau nicht verhindern können. Offensichtlich reichte das Beruhigungsmittel, das die Ärzte ihr zuvor sicherheitshalber verabreicht hatten, nicht aus.

Es war schwierig gewesen, aus der Frau etwas herauszubekommen. Ihr Mann war am Vormittag mit einer eitrigen Wunde zum Arzt gegangen und der hatte ihm ein Antibiotikum verschrieben. Zuhause hatte er dann eine dieser Pillen eingenommen und danach war alles sehr schnell gegangen: Ohnmacht, Rettungswagen, Krankenhaus Notaufnahme, und schon 2 Stunden später war er tot. Und jetzt lag er vermutlich in einer Kühlbox in der Pathologie. Man brauchte kein Arzt zu sein um zu wissen, dass man als Todesursache einen allergischen Schock feststellen würde.

"Und dann wird man das Ganze Schicksal nennen", dachte der Krankenhausseelsorger. "Aber war es wirklich nur Schicksal, oder war irgendjemand in der langen Kette vielleicht doch schuldhaft fahrlässig gewesen? Göttliches Schicksal oder Menschenwerk?"

Die weiteren Ereignisse sollten zwar Licht in diese Frage bringen, aber weder der Krankenhausseelsorger noch die arme Witwe sollten jemals davon erfahren.

2 Stefan Kleine

„Bsssssss!"

„Dieser elektrische BMW ist wirklich ein geiles Auto", dachte Stefan Kleine. „Damit werde ich bei Frauen gut ankommen. Und dann.... Zugegeben, mit der Potenz könnte es ein bisschen besser sein, aber wozu gibt es Viagra? Es ist doch nur wichtig, dass ich meinen Spaß habe!"

Stefan überholte auf dem Weg zum Flugplatz Uetersen riskant einen Radfahrer. Vermutlich musste der entgegenkommende Toyota 'etwas' abbremsen, aber das störe Stefan nicht. Er hatte gute Laune.

„Gut, dass ich mir den gekauft habe. Der geht ab wie eine Rakete."

Er sah auf die Uhr. Wenn er sich nicht beeilte, dann würde der Fluglehrer warten. Also gab er etwas mehr Gas – oder genauer gesagt etwas mehr Strom.

„Wenn ich in der Firma meine Vorgaben erfülle, dann kann ich mir von dem Bonus ein eigenes Flugzeug kaufen. Die Vorgaben werde ich bestimmt hinkriegen. Mit dem Management ist es doch ähnlich wie beim Autofahren. Wenn du ganz brav fährst und dich immer an die Regeln hältst, dann wirst du ausgebremst. Man muss eben klar signalisieren, dass man das Alphatier ist und dann ist man es auch. Ähnlich wie bei selbsterfüllenden Prophezeiungen. Das gilt nicht nur fürs Autofahren."

Seitdem Stefan das begriffen hatte, war er überaus erfolgreich. Er hatte schon einige kleinere Firmen restrukturiert und saniert, und damit dem Hedgefonds satte Gewinne eingefahren. Deshalb hatte der Fondsmanager ihn jetzt mit der Sanierung von Sanophil beauftragt. Wenn er am Jahresende die erwartete Rendite erwirtschaftete, dann gab es einen guten Bonus. Dieser Auftrag war für Stefan schon so etwas wie ein Sechser im Lotto.

"Alles könnte doch so schön sein, wenn es nicht das Problem mit den Lügen und dem Verrat von Informationen über die Medikamententests gäbe", dachte Stefan. "Warum behauptet jemand, dass wir die Daten über Nebenwirkungen geschönt hätten, und wer hat überhaupt dieses Gerücht gestreut?"

Am Vormittag hatte er das Management zu einer Besprechung zu diesem Thema gebeten. Aber außer betretenem Schweigen war dabei nichts herausgekommen. Danach hatte ihn lediglich Göran, sein Sicherheitschef, angesprochen und den vagen Verdacht geäußert, dass Hans Preuss damit zu tun haben könne. Gerüchten nach hätte er sich in letzter Zeit teilweise komisch benommen. - Was heißt schon komisch? Auch Stefan probierte manchmal ungewöhnliche Wege aus, um ans Ziel zu kommen. Vielleicht war auch irgendjemand nur scharf auf den Job von Herrn Preuss oder wollte ihn aus irgendwelchen anderen Gründen eins auswischen.

Trotzdem wollte er sich morgen sicherheitshalber Herrn Preuss zur Brust nehmen.

"Komm, verdränge diese negativen Sachen und freue dich lieber aufs Fliegen. Heute ist heute, und morgen ist morgen!"

Hätte Stefan geahnt, wie sich die Dinge entwickeln würden, dann hätte er bestimmt anders reagiert.

3 Hans Preuss

Hans Preuss hatte derweil keine Ahnung von diesen vagen Beschuldigungen. Es war zwar völlig zutreffend, dass er inzwischen äußerst starke Bedenken gegen den Einsatz dieses neuen Antibiotikums hatte, aber er hatte diese **bisher** extrem vorsichtig und nur im Kreis seiner engsten Vertrauten geäußert und war sich sicher, dass diese nichts nach draußen trugen. - Ja bisher! Denn er hatte nach vielen schlaflosen Nächten beschlossen, dass er mit einer solchen Schuld nicht leben wollte.

Hans Preuss hatte sich deshalb extra einen kleinen Laptop, ein sogenanntes Netbook, gekauft um keine Spuren zu hinterlassen. Zuhause hatte er den Akku aufgeladen. Jetzt nahm er es aus seiner Aktentasche und führte die Basiseinrichtung durch. Irgendwie kam er sich wie ein Geheimagent vor, dabei war er doch nur Laborleiter bei Sanophil. Er hatte sich auch mit falschen Angaben eine neue Mailadresse besorgt, die er jetzt verwendete.

Wenn er sich die anderen Kunden bei Starbucks anschaute, dann war er mit seinen 62 Jahren deutlich über dem Durchschnitt, und kam sich deshalb etwas amfalschen Platz vor. Aber dafür gab es gratis WLAN und das brauchte er, damit man seine Tat nicht zurückverfolgen konnte.

"Es gibt doch das perfekte Verbrechen", sagte er stolz zu sich selbst und schaute sich dann erschrocken um, ob auch keiner der Anwesenden seine Bemerkung gehört hatte.

Niemand schien von ihm Notiz zu nehmen. Das war auch gut so.

Schließlich holte er einen kleinen Zettel aus der Hosentasche. Darauf stand eine Mailadresse, von der er hoffte, dass sie korrekt war. Ina war eine Sportkameradin seines Sohnes gewesen und er wusste, dass Ina Rupp bei der Zeitung arbeitete. Die Mailadresse hatte er sich aus dem Namen und dem allgemeinen Format der Mailadressen der Zeitung zusammengestellt. Das Format hatte er aus dem Internet ermittelt. Er tippte die Mailadresse ein.

Danach nahm Hans einen USB Stick aus der Aktentasche, steckte ihn in das Netbook und fügte das auf dem Stick gespeicherte .zip-Archiv der Mail an. Schließlich schrieb er einige Zeilen Text in die Mail, und überarbeiteten diesen noch einmal. Sollte er die Mail absenden? Dann war er ein Verräter. Schickte er sie aber nicht ab, dann schwieg er und machte sich mit schuldig.

"Ich stecke so oder so in der Klemme", dachte er. "Wenn das herauskommt, dann bin ich meinen Job los. Aber immerhin ist es nicht mehr so lange bis zur Rente. Bloß, was kann das Ganze für strafrechtliche oder gar zivilrechtliche Auswirkungen haben? Das kann ich doch gar nicht abschätzen. Was, wenn ich Millionen an Sanophil zahlen muss?"

Unschlüssig schwebte sein rechter Zeigefinger über der ENTER-Taste. "Nein, lieber nicht. Besser einmal ein Feigling als ein ruiniertes Leben von mir und der Familie." Und damit rückte er den Mauszeiger in die rechte obere Ecke zum 'Schließen' Symbol.

4 Maya Mötel

"Scheiße!"

"Mama, das Wort sagt man nicht."

"Ja, Schatzi, aber es ist ganz schlecht, das du so hohes Fieber hast."

"Muss ich ins Krankenhaus?"

"Nein, aber wir müssen morgen früh zum Arzt. Ich mache dir jetzt Wadenwickel um das Fieber zu senken". Maya streichelte sanft die Wangen ihrer Tochter. Dann stand sie auf und ging zu ihrem Handy.

"Ich muss unbedingt Hans Preuss informieren, dass ich morgen später komme. Wenn die Tests nicht pünktlich ausgewertet werden, dann war die ganze Arbeit umsonst gewesen."

5 Rückblick

"Ring, ring, ring ....."

Hans erschrak über das laute Klingeln seines Smartphones. Dabei hatte er doch selber diesen markanten und lauten Klingelton ausgewählt, weil er nicht mehr ganz so gut wie früher hörte. Er bekam einen hochroten Kopf, als er um sich sah und bemerkte, wie ihn einige der anderen Gäste anstarrten. Schnell kramt er in seiner Aktentasche nach seinem Firmenhandy.

„Hans Preuss", schnaubte er, über den späten Anruf verärgert, in sein Handy.

„Hallo Herr Preuss, hier Maya Mötel. Bitte entschuldigen sie die späte Störung, aber ich kann morgen erst später in die Arbeit kommen und die letzten Tests müssen unbedingt ausgewertet werden."

„Was für Tests?"

„Die Dosis-Wirkungstests von M318."

„Oh ja, die sind sehr wichtig."

„Deshalb wollte ich sie bitten, den Praktikanten zu fragen, ob er einspringt. Er hat letztens geholfen und sollte die Auswertung auch alleine durchführen können. Ich sende ihnen auch noch eine Mail, wie das zu machen ist, damit er keinen der Schritte vergisst."

„Schon gut, aber was ist denn bei ihnen passiert?"

„Ja, äh, ... Ich muss morgen früh ganz dringend etwas Unaufschiebbares erledigen."

„Wann werden sie voraussichtlich in der Firma sein?"

„Ich hoffe, spätestens bis Mittag. Wenn es aber etwas Schlimmes ist, dann kann es auch länger dauern."

„Ist in Ordnung", schnaubte Hans missmutig. Dann legte er auf.

„Maya ist eine eigenartige junge Frau", dachte er. „Fleißig und gewissenhaft, aber unnahbar. Keine sozialen Kontakte in der Firma. Genau das Gegenteil von den technisch-medizinischen Assistentinnen, die ich früher gehabt habe. Ja, früher, da war sowieso alles anders gewesen. Als der alte Schlombach vor 35 Jahren die Firma noch regiert hatte, da waren wir alle noch eine große Familie gewesen und es gab auch eine richtige Weihnachtsfeier. Komisch, dass ich mich gerade an die Weihnachtsfeiern erinnere. - Dann kam der junge Schlombach ans Ruder und der Leistungsdruck stieg. Vielleicht konnte er ja auch nicht anders, weil sich das wirtschaftliche Umfeld verschlechterte. Aber seitdem dieser amerikanische Hedgefonds die Firma übernommen hat, ist doch alles nur noch Scheiße! Alles nur noch Lug und Trug. Dem muss doch ein Ende gesetzt werden", ereiferte er sich.

Und schon wanderte der Mauszeiger von rechts oben nach links zum 'Senden' Button. „Ich will nicht wegschauen", sagte Hans laut und klickte auf den Button. - Wieder starrten ihn einige Gäste an.

6 Albtraum

"Hans ist ein guter Chef", dachte Maya, "auch wenn er am Telefon etwas missgelaunt schien. Einer von der alten Art: gewissenhaft, aufrichtig und ehrlich. Nicht so wie einige der jungen, karrieregeilen Typen."

Dann legte Maya sich neben ihre Tochter, damit sie einschlief. Allerdings schlief Maya zuerst ein.

x x x
x x x

Es war einer dieser 'Ansichtskarten-Tage': Der Himmel tiefblau, und weiße Wölkchen mit harten Konturen, und die Luft so klar, dass auch alles Entferne absolut scharf erschien. Es war angenehm warm aber nicht drückend heiß. Maya ging gutgelaunt durch die Stadt und summte den Ohrwurm aus dem Radio vor sich hin. Doch plötzlich wurden ihre Arme brutal nach hinten und nach oben gerissen. Maya schrie vor Schmerzen auf.

"Halt, Polizei!"

Ein Mann in Jeans und Lederjacke stand mit einer Pistole vor ihr.

"Hinlegen!"

Bevor Maya reagieren konnte, wurde sie von hinten auf den Boden gedrückt. Dann legte die zweite Person ihr offenbar Handschellen an; jedenfalls schloss sie das aus den Schmerzen an ihren Handgelenken. Sie war immer noch zu verwirrt um reagieren zu können und ließ deshalb auch willenlos über sich ergehen, dass sie am ganzen Körper abgetastet wurde.

"In Ordnung", hörte sie dann eine weibliche Stimme hinter sich sagen.

"In Ordnung", wiederholte der Mann, "sie können jetzt aufstehen."

Die Frau hinter ihr zog Mayas Oberkörper leicht nach oben, so dass sie sich mit den auf dem Rücken gefesselten Armen hinstellen konnte. Dabei bemerkte sie, dass sie an den Knien blutige Stellen hatte. Noch während der Mann ihre heruntergefallene Handtasche aufhob, kam ein Streifenwagen herangefahren und zwei Polizisten stiegen aus.

"Sie sind verhaftet. Bitte steigen sie ein, alles Weitere klären wir auf dem Kommissariat."

Dann wurde Maya ins Auto gedrängt. - Sie bemerkte, wie sich ihre Brust verkrampfte und sie kaum noch Luft bekam. Maya wollte schreien, aber ihr Hals war wie zugeschnürt.

ˣˣˣ

Maya öffnete entsetzt die Augen und bemerkte plötzlich, dass sie ja neben ihrer Tochter im Kinderzimmer lag.

"Scheiße", dachte Maya, „dass ich das wieder geträumt habe. Und ich dachte, dass ich das endlich erfolgreich verdrängt hätte."

Gleich nach dem zwei Jahre zurückliegenden Vorfall hatte sie oft darüber geträumt, aber seit längerem hatte sie nicht mehr daran gedacht. Und ganz plötzlich war jetzt alles wieder so real gewesen.

Erst jetzt merkte Maya, dass sie schwitzte und ihr Atem schnell ging. Nachdem sie sich vergewissert hatte, dass ihre Tochter friedlich schlief, nahm sie das Fieberthermometer und kontrollierte ihre Temperatur. "39,5; ich muss morgen auch zum Arzt."

Noch lange grübelte sie über die damaligen Ereignisse nach und was sie damals vielleicht falsch gemacht hatte. Es hätte alles nicht soweit kommen dürfen. - Es dauerte einige Zeit, bis Maya wieder einschlief.

7 | Ina Rupp

Am nächsten Morgen saß Ina Rupp schon um sieben Uhr in der Firma vor ihrem PC. Eigentlich könnte sie viel später kommen, aber sie hielt es für ihre Karriere wichtig, stets vor ihrem Chef dort zu sein. Immerhin hatte sie es mit 21 Jahren schon bis zur Leiterin der Abonnenten- und Anzeigenabteilung gebracht und sechs Mitarbeiter unter sich. Aber das konnte noch nicht alles sein. Sie wollte weiter hinauf auf der Karriereleiter.

Zuerst überflog sie die neuen Mails. Eine davon stach ihr ins Auge. Ina öffnete die Mail, überflog den Inhalt und stutzte. "Was habe ich denn mit Arzneimitteltests von Sanophil zu tun? Da muss bei denen etwas falsch gelaufen sein", dachte Ina. "Außerdem verstehe ich diesen verschroben formulierten Inhalt nicht."

Sie wollte diese Mail schon löschen, aber dann überlegte sie es sich spontan anders. Vielleicht konnte der Chefredakteur etwas damit anfangen. Er tat doch immer so schlau. Mit der etwas hämischen Bemerkung 'wird sie bestimmt interessieren' leitete sie die Mail weiter. - Ina konnte ja nicht ahnen, was für tragische Ereignisse sie damit auslösen sollte.

Eigentlich hätte dieses Thema damit abgehakt sein sollen. Doch ging ihr diese eigenartige Mail immer wieder durch den Kopf. Nach einer Weile wechselte sie deshalb vom

Maileingang in die gelöschten Mails und öffnete die Mail erneut. So ganz verstand sie die Zusammenhänge immer noch nicht, aber die angehängten Dokumente schienen, zumindest für den Absender, eine gewisse Brisanz gehabt zu haben.

"Sanophil sollte lieber einmal Werbung bei uns einstellen", dachte sie. Bei diesem Gedanken fiel ihr ein, dass Stefan Kleine doch in der Geschäftsführung von Sanophil saß. Diese Mail war ein guter Vorwand Stefan anzurufen. Ina hatte Stefan auf dem Flugplatz Uetersen kennengelernt.

Ina konnte sich noch gut daran erinnern. Es war am Sonntag, vor ..., ja, vor zwei Wochen gewesen. Sie hatte zusammen mit ihrer Freundin Magdalena eine Radtour zum Flugplatz unternommen. Dort angekommen waren sie doch recht geschafft gewesen und wollten sich im 'Tower Restaurant' erfrischen. Allerdings war das Restaurant proppenvoll und alle Tische besetzt. Trotzdem ließ sich Magdalena nicht von einem Sitzplatz auf der Terrasse abhalten; sie sprach einfach zwei Männer an, die an einem großen Tisch mit noch 4 freien Stühlen saßen. Und schon konnten sie sich dazusetzten. Während sie jeweils einen Eisbecher und eine Cola genossen, schauten sie den startenden und landenden Flugzeugen zu. Dabei kamen sie mit den beiden Männern ins Gespräch.

Der ältere der beiden war Fluglehrer und der jüngere sein Flugschüler. Eigentlich hätten sich Ina und Magdalena denken können, dass es sich um Piloten handelte. Beide trugen Fliegerjacken mit Pelzkragen und vor dem jüngeren lagen ein Kniebrett, eine Landkarte und Kopfhörer mit Mikrofon demonstrativ auf dem Tisch. Außerdem trugen beide große Uhren mit Einstellringen, was wohl Fliegeruhren waren. Wer konnte da noch daran zweifeln, dass es sich um tollkühne Männer, beziehungsweise Piloten handelte?

Der Schüler hieß Stefan Kleine. Dieser Name passte genau zu ihm: seine Beine waren im Verhältnis zum Körper zu kurz geraten, was Ina an einen Gartenzwerg erinnerte. Aber das war nur die eine Seite: seine etwas nach vorn gewölbte Stirn, die kurzen Haare und der muskulöse Körperbau kamen eher einem Bullen näher. Ob er wirklich ein Bulle oder vielleicht nur ein Ochse war, wollte Ina gar nicht erforschen, und deshalb hatte sie auch nicht darauf reagiert, als er ihr seine Handynummer gegeben hatte. - Trotzdem hatten sie sich noch lange gut unterhalten. So hatte sie unter anderem erfahren, dass Stefan eine leitende Position bei Sanophil hat. Sie erinnerte sich so gut daran, weil sie vor kurzem Antibiotika von Sanophil genommen hatte.

Ursprünglich hatte Ina kein Interesse gehabt, mit Stefan Kontakt aufzunehmen. Aber je mehr sie über ihn nachdachte, desto klarer sah sie seinen Manager Posten bei Sanophil als Sprungbrett, oder besser als Abkürzung, für ihre weitere Karriere. Außerdem hatte er ein schickes Auto. Und wenn der Weg durch sein Schlafzimmer ging, dann war das vielleicht auch gar nicht so schlecht.

Deshalb suchte sie jetzt auf ihrem Handy seine Telefonnummer in den Kontakten heraus und klickte ungeachtet der frühen Uhrzeit darauf.

8 Telefongespräch

Stefan war gerade auf dem Weg in die Firma als sein Handy 'klingelte', das heißt, 'Über den Wolken muss die Freiheit wohl grenzenlos sein' abspielte.

"Hallo, hier Stefan Kleine."

"Hallo, hier ist Ina. Wir hatten uns am Sonntag vor zwei Wochen auf dem Flugplatz Uetersen getroffen. Erinnerst du dich?"

"Klar erinnere ich mich, du bist doch die Superschlanke mit den langen blonden Haaren und den süßen Augen, die mit ihrer Freundin eine Radtour gemacht hat."

"Schön, dass du dich an mich erinnerst."

"Ist doch klar, wenn man so aussieht."

Ina fragte sich, ob das ein Kompliment sein sollte oder ein dezenter Hinweis auf ihre dürre, flachbrüstige Figur. Aber egal, Stefan war schließlich auch kein Schönheitsideal. Und um diesen Punkt ging es auch gar nicht. - Sie entschied sich lieber alles positiv zu sehen.

"Danke, für das Kompliment."

"Das ist doch nur die Wahrheit. - Möchtest du einmal mitfliegen? Ich kann das mit meinen Fluglehrer organisieren."

"Später vielleicht einmal. - Sag einmal, du bist doch bei Sanophil?"

"Ja, dort verdiene ich meine Brötchen, oder sollte ich lieber sagen, meine Torten? - Warum fragst du danach?"

"Ich habe hier bei der Zeitung eine eigenartige Mail erhalten die ich überhaupt nicht verstehe. Ich weiß nicht, was ich damit anfangen soll. Vielleicht kannst du mir dabei helfen."

Stefan lag es auf der Zunge, anzudeuten, dass Ina ja auch blond wäre. Aber sie gefiel ihm und deshalb verdrängte er diesen bösen Gedanken sofort.

"Dann sende sie mir doch einfach zu. Ich schauen sie mir an und rufe dich dann zurück. An 'stefan.kleine@sanophil.de'. Inzwischen kannst du dir schon überlegen, wann und wo wir zusammen Essen gehen."

"Ich schicke die Mail gleich ab. Dann bis später."

"Bye, bye."

Ina schüttelte den Kopf. "Der geht ja ganz schön ran", dachte sie

Dann bemerkte sie, dass sie sich gar nicht mit Stefan verabredet hatte. Das musste sie beim nächsten Telefonat geschickt einfädeln, und zwar so, dass die Initiative von ihm auszugehen schien. Außerdem hatte sie Lust einmal luxuriös essen zu gehen. Und wenn sich herausstellen sollte, dass Stefan wirklich nicht ihr Typ wäre, dann konnte sie ja immer noch abspringen....

Schnell leitete sie die Mail an Stefan weiter.

9 | Mail

Stefans Smartphone machte "Bing" und signalisierte damit, dass eine neue Mail eingegangen war. Die musste von Ina sein. Da Stefan gerade an einer roten Ampel stand, nahm er das Handy und öffnete die Mail. Schon nach dem ersten Satz, hatte er eine dunkle Ahnung, die sich insbesondere nach dem Öffnen der Anhänge leider bestätigte. Hier beging jemand Verrat.

"Tröööööt!"

Stefan erschrak. Im selben Moment bemerkte er, dass die Ampel grün anzeigte und dass sie das vermutlich schon für einige Sekunden tat. Er trat voll aufs Gaspedal und flog förmlich davon.

"Was ist das für eine Scheiße", dachte er in Bezug auf die Mail. "Darauf müssen wir sofort reagieren." Ihm gingen sofort mehrere Bedrohungsszenarien und Gegenmaßnahmen durch den Kopf. Dadurch abgelenkt, bemerkte der die rote Ampel sehr spät und musste voll in die Eisen steigen um den Wagen noch rechtzeitig zum Stehen zu bringen.

Hätte Stefan in den Rückspiegel geschaut, dann hätte er bemerkt, dass der nachfolgende SUV noch größere Mühe hatte, ein Auffahren zu verhindern. Und dann hätte er auch das wütende Gesicht des Fahrers gesehen. Aber stattdessen wandte sich Stefan lieber erneut der Mail auf seinem Smartphone zu.

"Trööööt!"

Stefan erschrak erneut und trat reflexartig aufs Gaspedal. Zu spät bemerkte er, dass die Ampel noch gar nicht grün war.

"Pleung!!!!!!!!!!!"

Vermutlich grinste der SUV Fahrer hinter ihm jetzt.

Als Ina am nächsten Morgen im Büro Outlook öffnete, bemerkte sie sofort eine Mail von Stefan. Er entschuldigte sich, dass er nicht mehr zurückgerufen hatte. Offenbar hatte er andere Sorgen gehabt, denn er schrieb, dass er sein Auto geschrottet hatte. Schließlich fragte Stefan noch danach, wo sie Essen gehen wollten und versprach bald anzurufen.

"Merkwürdig", dachte Ina, "von der Mail schreibt er kein Wort." Da er ihr geantwortet hatte, musste er ihre Mail doch zumindest geöffnet haben. - Aber wenigsten kam sie zu einem Date.

Als Ina abends ihre Freundin Magdalena traf, musste sie ihr natürlich von ihrem Date erzählen. Sofort hatte Magdalena jede Menge an sogenannten Tipps auf Lager. Schließlich hatte sie mit Männern deutlich mehr Erfahrungen. Ina war aber skeptisch, schließlich wollte sie doch Karriere in der Wirtschaft und nicht in Schlafzimmern machen. Doch Magdalena blieb hartnäckig: "Männer wollen doch immer nur das eine!"

10 | Nils Naumann

Nils genoss seinen Beruf als Chefredakteur. Er liebte die Abwechslung und die täglich neuen Herausforderungen. Und vor einer solchen saß er gerade. Er hatte die Mail bezüglich Sanophil geöffnet und versuchte zu verstehen, was die eigentliche Kernaussage sein sollte. Aber vielleicht lag die Lösung in den Anlagen zur Mail.

Die Anhänge bestanden aus einem eingescannten Beipackzettel eines Medikamentes, zweier Gutachten als PDF sowie einigen Mails in mehr oder weniger gutem Englisch. Bei den Mails waren Teile durch lauter X-se ersetzt; dadurch waren Absender oder Empfänger teilweise nicht zu ermitteln.

Nachdem Nils die Anlagen gesichtet hatte, war er immer noch nicht viel klüger. Also las er alles noch einmal, und dann noch ein drittes Mal durch. Schließlich hatte er einen Verdacht. Wenn das wahr wäre, dann wäre das schon sehr brisant.

Jedenfalls ließ sich so mit den Unterlagen nicht viel anfangen. Aber ganz abschreiben wollte Nils dieses möglicherweise lohnende Thema auch nicht. Also beschloss er zwei Maßnahmen: Ersten musst ein Experte die Unterlagen sichten und beurteilen, und zweitens wollte er bei Sanophil weitere Recherchen durchführen. Zum ersten Punkt fiel ihm momentan nichts ein. Aber er kannte einen Systemadministrator, der bei Sanophil arbeitete, und der könnte ihm bei weiteren Untersuchungen sicher behilflich sein. Wollte er sich nicht schon seit langem einmal mit Sven treffen?

Also wählte er die Nummer von Sven. Nachdem Sven sich gemeldet hatte, versuchte Nils möglichst unauffällig vorzugehen.

„Hallo Sven, wir haben uns lange nicht mehr gesehen. Hast du nicht Lust, einmal mit mir Essen zu gehen? Ich lade dich auch ein."

„Hi Nils, altes Haus. Gerne. Aber sage mir erst was du wirklich auf dem Herzen hast."

Na, sehr geschickt war das offenbar doch nicht gewesen. „Eigentlich wollte ich nur mit dir Essen gehen und ein paar Bierchen trinken."

„Und un-eigentlich? Na, egal, wie wäre es mit morgen Abend?"

„In Ordnung. 19:00 Uhr? Wo wollen wir und treffen?"

„Komm einfach zu unserer Firma. Dann können wir noch entscheiden, wohin wir gehen. Wenn du mich zum Bier einlädst, dann geht das bestimmt nicht mit dem Auto."

„Fein, dann bis morgen."

„ja, bis morgen."

11 | Göran Attika

Endlich war Stefan in der Firma angekommen. Es hatte lange gedauert, bis die Polizei gekommen war, den Unfall aufgenommen hatte und sein Auto in die Werkstatt geschleppt wurde. Eigentlich hatte er die Angelegenheit so regeln wollen, aber der Unfallgegner hatte laut herumgeschrien und auf der Polizei bestanden.

Schon aus dem Taxi heraus hatte er mit Göran, dem Sicherheitsmanager der Firma, telefoniert. Göran war ein Vertrauter, den er aus seiner vorherigen Firma 'mitgebracht' hatte. Außerdem verband beide eine enge gemeinsame Vergangenheit, von der aber niemand etwas wusste.

Es klopfte an der Tür und Göran trat herein.

Wenn Stefan schwul oder wenigstens eine Frau gewesen wäre, dann wäre Göran sein Typ gewesen. Er hatte einen athletischen Körperbau und sah extrem gut aus. Die Sportlichkeit wurde durch die kurzen, hoch gestylten Haare betont. Durch seinen schwarzen Viertagesbart wurden seine weißen, gleichmäßigen Zähne besonders hervorgehoben, insbesondere wenn er lächelte. Und Göran hätte meist ein gewinnbringendes Lächeln.

"Es gibt Probleme, Chef?", fragte Göran und setzte sich unaufgefordert auf den Stuhl neben dem Schreibtisch.

"Ja, leider. Ein großes Problem."

Ohne weitere Kommentare schob Stefan die Ausdrucke der Mail und der Anhänge zu Göran rüber. Der nahm sich Zeit und las alles in Ruhe durch.

"Da hat uns jemand bei der Zeitung angeschwärzt. Ich vermute, dass die meisten dieser Informationen nur von intern stammen können."

"Ja. Wir müssen einen Verräter in unseren Reihen haben."

"Ich werde mich darum kümmern."

"Und wie willst du herausbekommen, wer das war?"

"Ich gehe zum Systemadministrator und dann werden wir versuchen die entsprechenden Dokumente auf unserem SharePoint Server zu finden. Als nächstes werden wir danach analysieren, wer auf diese Dokumente Zugriff hat. Damit lässt sich der Personenkreis eingrenzen und dann sehe ich weiter. Außerdem ist interessant, welche Mailadressen unkenntlich gemacht wurden. Das lässt sich feststellen, wenn ich die Originale gefunden habe. Der Verräter hat vermutlich ganz gezielt die Mailadressen geschwärzt, die auf ihn hindeuten."

„Göran, dieses Loch muss unbedingt gestopft werden."

„Geht klar Chef." Damit stand Göran auf und verließ den Raum.

Stefan wusste, dass er sich zu hundert Prozent auf Göran verlassen konnte.

12 Sven Severin

Meistens konnte Sven seine Arbeit kaum schaffen, ständig änderten sich IT-Anforderungen oder neue Software Versionen mussten eingesetzt werden. Aber heute saß er ausnahmsweise gelangweilt in seinem Büro und surfte mit seinem PC. Deshalb erschrak er sehr, als es an der Tür klopfte. Noch bevor er "herein" rufen konnte, wurde die Tür geöffnet und Göran trat ein.

"Hallo, kommen sie herein", rief Sven ungeachtet dessen, das Göran schon hereingekommen war und jetzt auf den Stuhl neben Svens Schreibtisch zusteuerte.

"Guten Tag Herr Severin. Wir haben ein Sicherheitsproblem und sie müssen mir helfen."

Dann zog Göran die Ausdrucke von den Mailanhängen hervor und legte sie vor Sven auf den Tisch.

"Ich muss wissen, wo sich diese Dokumente befinden und wie die Zugriffsrechte darauf sind."

"Diese Auskünfte darf ich ihnen gar nicht geben."

Sven versuchte das zwar überzeugend zu sagen, aber so richtig sicher war er sich nicht. Schließlich waren die meisten Dokumente nach der ersten groben Sichtung keine personenbezogenen Daten. Bei den Mails sah das schon etwas anders aus.

"Nun machen sie 'mal halblang, Herr Severin", wobei Göran 'Herr Severin' besonders betonte. "Erstens kommt die Anordnung von Herrn Kleine persönlich. Soll ich ihn anrufen, damit er selbst mit ihnen spricht? Und zweitens habe ich hier ja alle Dokumente. Sie sollen ja nicht illegal auf unbekannte Dokumente zugreifen."

"Ist schon in Ordnung."

Sven wollte keinen Streit mit Göran anfangen und ergab sich seinem Schicksal. Ohne viel zu sprechen suchte er zuerst mit seinem Administrator Account die Dokumente im SharePoint. Bei jedem gefundenen Dokument ließ sich Göran den Ersteller nennen und wer alles Zugriff darauf hatte. Das notierte er auf den jeweiligen Dokumenten.

Danach meldete sich Sven als Mailadministrator auf dem Mailarchiv Server an. Hier gab es, im Gegensatz zum Mailserver, übergreifende Suchfunktionen. Schnell hatte Sven die vorliegenden Mails gefunden. Göran ließ sich die jeweiligen Mails öffnen und ergänzte auf den Ausdrucken die unkenntlich gemachten Stellen.

Nachdem sie alle Dokumente und Mails durchgearbeitet hatten, nahm Göran sein Diensthandy und wählte eine Nummer. Kurz darauf schien sich jemand zu melden.

„Hallo, hier Göran. Alles läuft auf einen, höchstens zwei, Namen hinaus."

„Ja, genau die Sache."

„Mit hoher Wahrscheinlichkeit Hans Preuss, ganz eventuell noch Maya Mötel."

Damit beendete Göran das Telefonat, danke Sven noch einmal und ging hinaus.

Sven seufzte. Er hatte so seine Zweifel, ob das juristisch so in Ordnung war, was er eben gemacht hatte. Aber Göran war bekanntlich ein scharfer Hund und war außerdem die rechte Hand vom obersten Chef. Mit so jemand sollte man sich lieber nicht anlegen. - Trotzdem, oder vielleicht gerade deshalb, verspürte Sven den Drang, ihm in den Kaffee zu pinkeln, wenn er den einmal unbewacht herumstehen ließe.

13 Besäufnis

Nachdem Nils seinen Bekannten, den Sven, von der Arbeit abgeholt hatte, waren sie ins 'Down under' gegangen. Sven hatte dieses rustikale Restaurant vorgeschlagen, das zwar eine ziemlich einfache Speisekarte, aber dafür eine reichliche Auswahl an Bieren hatte. Nach zwei Bieren und allerlei Gerede über alte Zeiten, wollte Nils langsam zum eigentlichen Thema kommen.

"Sag einmal Sven, wie gefällt dir dein Job bei Sanophil eigentlich?"

"Nicht so gut. Ich schaue mich schon ein bisschen um, ob ich nicht anderswo einen anderen Job mit dem gleichen Gehalt bekomme. Aber warum fragst du?"

"Weil ich deine Hilfe brauche."

"Habe ich mir schon gedacht, dass du mich nicht nur wegen meiner schönen Augen eingeladen hast. Also, was kann ich für dich tun?"

"Ehrlich gesagt, ich weiß nicht so recht, was du für mich tun kannst. Unserer Zeitung sind anonym einige Dokumente zugesandt worden und ich kann damit nicht viel anfangen. Und weil du bei Sanophil arbeitest, und als Systemadministrator sicher mit vielen Leuten bei euch zu tun hast, habe ich gedacht, dass du dir diese Dokumente vielleicht erst einmal anschaust."

Damit griff Nils in seinen Rucksack, entnahm einige ausgedruckte Seiten und gab sie Sven. Der überflog die Seiten nur ganz oberflächlich und gab sie Nils zurück."

"Ich kenne diese Dokumente und Mails."

Nils war völlig verblüfft und Sven musste lachen, weil Nils so verdattert dreinschaute.

"Nils, du solltest dein Gesicht jetzt einmal im Spiegel sehen."

"Hast **du** etwa die Mail an uns geschickt?"

"Nein, leider nicht. Aber ich hatte gestern ein eigenartiges Erlebnis mit unserem Sicherheitschef."

Und dann erzählte Sven, wie Göran in sein Büro gekommen war und Sven die geforderten Informationen heraussuchen musste.

x x x
x x x

"Und das ist alles", schloss Sven schließlich.

"Dann haben die bei euch mitbekommen, was gelaufen ist. Da muss jetzt bestimmt jemand auf sehr glühenden Kohlen sitzen. Ich vermute es handelt sich um den Herrn Preuss."

"In dessen Haut möchte ich nicht stecken."

"Ich auch nicht. Jetzt wissen wir wer es vermutlich war. Aber ich habe immer noch nicht begriffen, worum es hier geht. Weißt du das?"

"Keine Ahnung. Ich habe die Unterlagen aber auch nur sehr oberflächlich betrachtet."

"Kannst du sie mitnehmen und in Ruhe einmal durchschauen? Melde dich bei mir, wenn du etwas herausbekommen hast. - Und ich werde morgen Herrn Preuss unter irgendeinem Vorwand kontaktieren. Vielleicht ist das Ganze etwas Großes."

Damit schob Nils die Ausdrucke wieder zu Sven rüber. Der rollte sie zusammen und steckte sie in seine Jacke.

Wenn Nils geahnt hätte, dass er Herrn Preuss nicht mehr sprechen würde und wenn er geahnt hätte, dass er die ganze Nacht über das Klo umarmen und darauf warten würde, dass sein Magen geleert würde, dann hätte er sicherlich nicht mehr so viele Biere bestellt.

14 Luxusdinner

Zur selben Zeit saßen Stefan und Ina, nicht weit entfernt, im ‚The Table', einem Drei-Sterne-Restaurant von Hamburg. Ina hatte sich sehr sexy zurecht gemacht, und Stefan war froh, dass man seine Gedanken vielleicht erraten, dass sie aber niemand sie lesen konnte. Und die Gedanken sind bekanntlich frei.....

Ina hatte ein eng anliegendes schwarzes Kleid an, dessen Oberteil weitgehend aus Spitzengewebe geschneidert war, und das unten aus einem sehr kurzen engen Rockteil bestand. Darunter trug sie eine schwarze Strumpfhose. Das bildete einen hübschen Kontrast zu ihren langen blonden Haaren. Stefan vermutete, dass sie keinen BH trug. Jetzt schlürfte Ina an ihrem Glas mit Champagner.

"Stefan, es ist hier einfach wunderbar. Schade, dass ich das nicht öfter haben kann."

"Du kannst doch öfter so essen gehen, du brauchst dafür nur genug verdienen. Dann könntest du dir auch noch ganz andere Dinge leisten."

"Bei unserer Zeitung komme ich aber nicht recht weiter. Ich habe zwar sechs Mitarbeiter unter mir, aber das bringt gehaltstechnisch kaum etwas. Und ich sehe nicht, dass ich bei uns in nächster Zeit einen anderen Posten bekommen könnte."

"Bei euch vielleicht nicht, aber bei mir. Es ist gerade einer frei geworden."

Ina schaute Stefan in die Augen. "Wirklich?"

"Ja, wir brauchen dringend einen neuen Leiter für die Medikamententests. Pardon, natürlich Leiter oder Leiterin."

Ina schaute ihn strahlend an.

"Ich telefoniere morgen mit deinem Chef darüber, ob wir dich schon früher bekommen können. Kannst du mir seine Telefonnummer schicken?"

"Bin ich denn überhaupt fachlich ausreichend qualifiziert?"

"Eigentlich muss du nur kaufmännische Kenntnisse haben und Durchsetzungsvermögen. Das hast du ja von deinem jetzigen Job. Alles andere bekommen wir dann schon hin. - Komm lass uns auf deine zukünftige Arbeit und Karriere anstoßen."

Ina freute sich, dass sie ihr Ziel erreicht hatte und endlich die Karriereleiter weiter hinaufsteigen würde. Das hatte sie doch sehr geschickt eingefädelt. Zukünftig könnte sie das Leben noch etwas mehr genießen....

Und Stefan freute sich, dass er eine dumme Pute für diesen Job gefunden hatte. Außerdem würde sie das von weiteren Recherchen zu der Mail abhalten. Ina würde zukünftig das tun, was er ihr vorgab. Genau dafür brauchte er sie. Außerdem war diese Pute verdammt sexy und vielleicht könnte er sie ja einmal vögeln....

15 Unfall

Seit Hans seine Mail abgeschickt hatte, waren vier Tage vergangen. Aber weder hatte er in der Zeitung einen Hinweis darauf gefunden noch hatte er in der Firma irgendetwas Auffälliges bemerkt. War die Mail etwa gar nicht angekommen?

Egal, wie auch immer, Hans musste noch zur Geburtstagsfeier eines Arbeitskollegen. Eigentlich hatte er heute keine Lust dazu, aber er hatte es ihm schließlich versprochen. Deshalb machte er sich frisch und fuhr schnell dorthin.

Gefeiert wurde in einer Gaststätte in Oortkaten und dort floss der Alkohol in Strömen. Da die Busverbindung schlecht war, und Hans deshalb mit dem Auto dort war, trank er nur ein Bier und ansonsten Alkoholfreies. Kurz vor Mitternacht fuhr er dann nach Hause.

Inzwischen hatte Nieselregen eingesetzt. In dieser Gegend war um diese Uhrzeit nichts mehr los. Das kam Hans sehr entgegen, weil er im Dunkeln nicht mehr so gut gucken konnte. Früher hatte er sich über Weihnachtskarten lustig gemacht, bei denen um die Kerzenflammen leuchtende kreisförmige Lichthöfe gezeichnet waren. Inzwischen wusste er aber, dass die Künstler nur schon älter waren und die Augen, genau wie bei ihm, das so darstellen. "Altersbedingt!", hatte sein Augenarzt einfach gesagt.

Erstaunlich war, dass um diese Uhrzeit in dieser verlassenen Gegend ein anderes Auto in größerem Abstand hinter ihm her fuhr.

"Komisch", dachte Hans, "in dieser Gegend ist so spät doch sonst nichts los."

Als das Auto nach zehn Minuten und mehreren Abzweigungen immer noch hinter ihm war, wunderte er sich.

"Man könnte meinen, ich werde verfolgt."

Plötzlich, nach einer Kurve, war da ein zweites Auto, das ihm aber entgegen kam. Die Scheinwerfer waren offenbar schlecht eingestellt, denn sie blendeten ihn.

"So ein Idiot", dachte Hans.

Da er von der Straße nicht viel erkennen konnte, verringerte er langsam die Geschwindigkeit und orientierte sich an den entgegenkommenden Scheinwerfern. Deshalb wich er etwas nach rechts aus. Aber irgendwie war alles eigenartig; es passte nicht zusammen.

"Scheiße!"

Hans riss automatisch das Steuer nach Rechts und trat auf die Bremse. Dann wurde plötzlich alles gleißend hell.

16 | Abwesenheit

Am nächsten Tag erschien Hans nicht in der Firma. Zum einen fand Maya es sehr seltsam, dass er sie nicht informiert hatte und zum anderen kam sie ohne seine Entscheidungen in ihren Arbeiten nicht weiter. Also entschloss sie sich, ihn auf seinem privaten Handy anzurufen.

Anstatt ihn, erreichte sie nur seine weinende, völlig verstörte Frau. Es dauerte einige Zeit, bis sie herausbekam, dass Hans Preuss letzte Nacht tödlich verunglückt war. Schließlich weinte auch Maya am Telefon.

Nach dem Gespräch blieb Maya eine Zeitlang still sitzen, um ihre Fassung wieder zu bekommen. Als sie wieder einen einigermaßen klaren Kopf hatte, überlegte sie, was zu tun wäre. Frau Preuss hatte sicherlich viele andere Dinge zu erledigen und deshalb die Firma bestimmt noch nicht informiert. Deshalb rief sie zunächst die Personalabteilung und danach Hans Preuss' Vorgesetzten an und informierte sie über den Tod von Hans. Dann sprach sie die Kollegen ihrer Abteilung an und traf alle für die Arbeit notwendigen Entscheidungen nach bestem Wissen. Schließlich musste es ja weiter gehen.

Stefan saß gerade bei einer wichtigen Tätigkeit; er spielte auf seinem Tablet ein Internetspiel. Plötzlich klopfte es an der Tür, und ohne eine Antwort abzuwarten trat Göran ein.

Stefan versuchte hastig das Tablet unter dem Schreibtisch auf seinen Schoß zu packen.

„Guten Morgen Chef, du brauchst Dein Spiel nicht vor mir verstecken", grüße Göran ihn breit grinsend.

„Was gibt es Wichtiges, Göran?"

„Du weißt es sowieso schon, Hans Preuss hatte letzte Nacht einen tödlichen Verkehrsunfall."

„Ja, ich weiß es."

„Schön. Damit hat sich dieses Problem erledigt."

"Das sehe ich allerdings nicht ganz so", sagte Stefan nachdenklich. - Und Stefan sollte Recht behalten.

$$\begin{matrix} x & x \\ x & x \\ x & x \end{matrix}$$

Nachdem Nils zu spät aufgestanden war und erfolglos versucht hatte, die Kopfschmerzen und die restliche Übelkeit mit Tabletten zu bekämpfen, war er trotzdem noch in die Firma gefahren. Als er die neuen Mails überflogen hatte, rief er zuerst die Handynummer von Herrn Preuss an, die er gestern Abend noch von Sven erhalten hatte.

Es meldete sich Frau Preuss. Als Nils nach ihrem Mann fragte, brach sie offenbar in Tränen aus. Nils konnte sie kaum verstehen.

"Hans ist letzte Nacht ums Leben gekommen. Es ist alles so schrecklich, ich weiß nicht mehr weiter."

"Das habe ich nicht gewusst. Es tut mir aufrichtig Leid. Kann ich etwas für sie tun?"

"Nein, aber Danke für das Angebot. Ich muss sehen, wie ich zu zurechtkomme."

"Wie ist das denn passiert? Weiß man etwas über den Täter?"

Auf diese Frage hin entstand eine Pause, die Nils zunächst nicht deuten konnte. Nach vielen Sekunden antwortete Frau Preuss endlich.

"Täter? Wie kommen sie auf Täter? Es war doch ein Unfall! Oder etwa nicht?"

Nils hätte sich auf die Zunge beißen können. Da Herr Preuss wahrscheinlich zumindest an den Unterlagen für die Zeitung beteiligt war, war es für ihn ganz offensichtlich gewesen, dass er durch Tötung zum Schweigen gebracht worden war. Aber vielleicht war er durch seine Arbeit bei der Zeitung schon etwas versaut, so dass er nur noch negative Möglichkeiten sah. Egal, er musste dieses Thema jetzt geschickt umschiffen, ohne dass Frau Preuss Verdacht schöpfte.

"Wie ist das denn passiert?"

"Wer sind sie eigentlich und was wollen sie von meinem Mann?"

"Ich bin ein Schulfreund von ihm und wollte mit ihm einmal ein Bier trinken."

"Da sind sie aber zu spät", sagte Frau Preuss. "Und als ein Freund hätten sie wissen müssen, dass Hans nur Wein trinkt."

Dann legte sie auf.

Das hatte Nils wohl gründlich vermasselt. Anstatt Informationen herauszubekommen hatte er diesen Kontakt verbrannt. - Was blieb also übrig? Er musste wieder einmal seinen alten Bekannten bei der Polizei, Kommissar Heise, anrufen. Vielleicht hatte der weitere Informationen über den Unfall für ihn.

17 | Kommissar Heise

Also rief Nils am nächsten Tag Kommissar Heise an. Dieser schien sich ehrlich zu freuen, dass er wieder einmal etwas von Nils hörte. In der Vergangenheit hatten sie gut zusammengearbeitet: Wenn der Kommissar eine bestimmte Meldung in der Zeitung benötigte, dann hatte Nils das veranlasst. Andererseits halle Nils manchmal einen interessanten Tipp vom Kommissar erhalten. - Nachdem sie eine Zeit über vergangene Zeiten geplaudert hatten, kam Nils zum entscheidenden Punkt und fragte nach dem Unfall mit Hans Preuss. Der Kommissar wusste nichts davon und wollte sich die Akte besorgen und später zurückrufen.

Ungeduldig wartete Nils den ganzen Vormittag, bis Heise endlich zurückrief.

"Tja", sagte Kommissar Heise, "die Sache ist ganz eigenartig. Hans Preuss fuhr mitten in der Nacht alleine auf dem Oortkatenweg; das ist eine erhöhte und kurvenreiche Straße auf einem alten Elbdeich. Wie seine Frau mitteilte, kam er von der Geburtstagsfeier eines Kollegen. Er kam von der Straße ab, und krachte gegen einen Baum. Das verunglückte Auto fiel wohl wenig später einem anderen Autofahrer auf, der Rettungsdienst und Polizei verständigte. Herr Preuss war bei Ankunft des Rettungsdienstes schon tot."

Kommissar Heise schien in den Unterlagen weiter zu blättern.

"Es war zwar dunkel und regnerisch, es konnte aber kein Grund gefunden werden, warum Herr Preuss von der Straße abkam. Keine Kollision mit einem anderen Fahrzeug, keine Kollision mit Wild, was in dieser Gegend sowieso kaum vorkommt, und auch kein Alkohol. Die Obduktion ergab 0,15 Promille, und keine Herzattacke oder Ähnliches."

Heise machte eine Pause. "Ich kann mir nicht vorstellen, dass Herr Preuss grundlos gegen den Baum gefahren ist."

"Und was geschieht jetzt?", fragte Nils.

"Nichts. Es gibt zurzeit keinen Anhaltspunkt für eine strafbare Handlung. Aber wieso interessiert dich dieser Unfall so?"

"Dieser alte Fuchs", dachte Nils, sprach es aber sicherheitshalber nicht aus. "Jetzt willst du mich verhören um mehr herauszubekommen. Diesen Gefallen werde ich dir aber nicht tun."

"Weil es für einige Personen Gründe gibt, Hans Preuss zumindest zu hassen. Aber mehr darf ich dir als Journalist zurzeit nicht sagen."

"Komm, sei nicht so. Ich begehe wegen dir ja auch manche Indiskretion."

"Sorry. Wenn ich etwas sehr Konkretes habe, werde ich mich bei dir melden. Ich verspreche es. Und danke für die Information."

Damit legte Niels auf.

Kommissar Heise saß noch eine Zeitlang vor dem Telefon und starrte es gedankenversunken an. Dieser Unfall war schon sehr merkwürdig und Niels schien Informationen zu haben, die darauf hindeuteten, dass es sich um keinen normalen Unfall handeln könnte. Aber wo sollte man hier ansetzen?

Auch Nils saß gedankenverloren vor seinem Telefon und hatte ähnliche Gedanken wie Kommissar Heise. Wo sollte man hier nur ansetzen?

18 Erkenntnis

Sven schaute sich die Unterlagen, die er von Nils erhalten hatte, wieder und wieder an. Aber so richtig schlau wurde er daraus auch nicht. Er musste mit jemanden sprechen, der etwas von der Materie verstand. Normalerweise hätte er Hans Preuss angesprochen, aber der war ja tot. Also blieb eigentlich nur seine rechte Hand, Maya, übrig.

Sven hatte zwar schon hin und wieder mit Maya Kontakt gehabt, aber so richtig warm war er mit ihr nicht geworden. Maya war hübsch und freundlich, aber man konnte sich ihr nicht nähern. Sie blieb reserviert und war immer auf Abstand bedacht. Eine merkwürdige junge Frau.

Sven traf Maya, wie erwartet, im Büro neben dem Labor an. "Hallo Maya, hast du ein paar Minuten Zeit für mich?"

"Was kann ich denn für dich tun, Sven?"

"Maya, ich soll mir zwei Berichte anschauen, um ein Konzept zu erstellen, wie so etwas kontextsensitiv archiviert werden kann und Cross-Referenzen ermöglicht", log Sven. "Und ich würde den Inhalt deshalb auch gerne verstehen. Du kannst mir das doch sicher grob erklären?"

"Sven, das ist doch wirklich nicht meine Aufgabe. Wende dich an den, von dem du die Berichte hast."

"Hans Preuss ist aber tot." Sven war im selben Augenblick richtig Stolz auf seine Schlagfertigkeit.

"Na gut, ausnahmsweise."

Sven gab Maya die beiden Berichte und sie blätterte nur wenige Sekunden darin.

"Sven, das sind Studien, wie sie in Auftrag gegeben werden, wenn ein neues Medikament eingeführt werden soll. Wir beauftragen dann ein Labor, dass die medizinischen Studien durchführt und die Wirksamkeit und die Nebenwirkungen an Freiwilligen testet und dokumentiert."

Dann suchte Maya in einer beiden Studien eine Tabelle heraus und wollte Sven diese erklären. Doch plötzlich stutzte sie. "Merkwürdig. Ich kenne alle unsere neuen Antibiotika und die Studien dazu, Moximykomycin ist mir aber völlig unbekannt."

Maya blätterte weiter in dem Dokument.

"Die Studie ist eindeutig für uns erstellt worden. Auffällig sind die sehr häufigen und lebensgefährlichen Nebenwirkungen. So ein Medikament kann nicht auf den Markt kommen. - Trotzdem hätte ich davon wissen müssen."

Dann nahm Maya die andere Studie. "Hier, Maximycin ist mir besten bekannt, allerdings besser unter dem Entwicklungsnamen MM5. Dieses Antibiotikum ist seit zwei Monaten erfolgreich im Markt. Diese Tabelle belegt ....."

Und damit war Maya in ihrem Element und erklärte Sven ausführlich die verschiedenen Testergebnisse.

Als Maya fertig war, und Sven der Kopf vor soviel Fachinformationen brummte, notierte sich Maya noch den Titel und weitere Informationen zur ersten Studie und gab Sven die beiden Dokumente zurück.

"Bei der ersten Studie muss Hans sich vergriffen haben. Ich kann mir kaum vorstellen, dass er dir die als Beispiel geben wollte. - Trotzdem merkwürdig, dass ich das Antibiotikum nicht kenne. Ich werde einmal recherchieren."

Damit wandte sich Maya demonstrativ ab und ihrer Arbeit wieder zu.

Sven hatte es eilig, ins Büro zu kommen und rannte dabei gedankenversunken in eine Teamassistentin. Der Aufprall war angenehm weich und wenn die Frau mindestens 20 Jahre jünger gewesen wäre, hätte Sven das bestimmt genossen, aber so?

Selbst trotz dieses Missgeschicks ging er unkonzentriert weiter, während in seinem Kopf Mayas Erläuterungen herumwirbelten. Den Begriff MM5 hatte er in den meisten der Mails gesehen. Wenn er jetzt alle Dokumente in Ruhe durchsah, dann musste er die Zusammenhänge eigentlich verstehen. Sven war froh, dass er mit Maya nicht über die Mails gesprochen hatte; vermutlich hätte sie dann Lunte gerochen.

Sven vernachlässigte die anstehenden Arbeiten und schaute sich in seinem Büro die Dokumente noch einmal an, einige mehrmals. Schließlich war ihm alles klar und er rief Nils an.

19 | Kuckucksuhr

Maya saß in ihrem Wohnzimmer und dachte über den letzten Tag nach. Als Sven ihr die Unterlagen gegeben und sie diese kurz durchgeschaut hatte, hatte sie eigentlich sofort verstanden, worum es ging. Wenn ihr Verdacht zutraf, dann handelte es sich um eine große Schweinerei. Diese Erkenntnis hatte so an ihr genagt, dass sie ihre Arbeit etwas vernachlässigt hatte. Stattdessen hatte sie weiter recherchiert und ihr Verdacht bestätigte sich immer mehr, so dass es jetzt schon eine Gewissheit war. Aber wie sollte sie damit umgehen?

"Kuckuck, kuckuck, kuckuck, kuckuck, kuckuck, kuckuck, kuckuck, kuckuck, kuckuck, kuckuck, kuckuck."

Maya schaute auf ihre Kuckucksuhr. "Ach Kuckuck, was soll ich nur machen?"

Früher hatten ihre Eltern alles Böse von ihr ferngehalten, aber jetzt war sie erwachsen und musste selber mit allem klarkommen. Ja, was war das damals für eine schöne Zeit gewesen. Damals, als sie noch ein Kind gewesen war, hatten ihre Eltern ihr während des Urlaubes im Schwarzwald diese Kuckucksuhr gekauft. Es war noch eine mechanische mit zwei Gewichten und jeden Tag musste sie neu aufgezogen werden. Das war vom ersten Tag an ihre Aufgabe gewesen. Ihre Mutter hatte ihr erklärt, dass sie jetzt für den Kuckuck verantwortlich wäre.

Maya hatte sich damals vorgestellt, dass der Kuckuck in der Uhr eine richtige kleine Wohnung hätte und dass er sterben müsse, wenn die Uhr nicht aufgezogen würde. So hatte sie schon früh gelernt, Verantwortung zu übernehmen.

"Ja, auch dieses Mal muss ich Verantwortung übernehmen", sagte Maya zu sich selbst. "Notfalls muss ich eben die Konsequenzen ertragen. Aber diese Schweinerei darf ich nicht decken. Mitwisserschaft macht mich zum Täter! Und ich habe schon einmal in meinem Leben den Fehler begangen weil ich nicht genug hingeschaut habe. Davon habe ich jetzt ja diese schrecklichen Albträume. Das darf sich nicht wiederholen sonst habe ich noch mehr Albträume."

Dann machte Maya sich daran zu überlegen, wie sie die Sache am besten aufdecken könnte.

20 | Sackgasse

Zur selben Zeit saß Nils in seinem Wohnzimmer und schaute gedankenverloren auf die große Digitaluhr an der Wand. Sven hatte ihn gerade angerufen und seine Vermutung erklärt. Demnach hatte Sanophil die für eine Zulassung erforderlichen klinischen Tests von einem Institut in Indien durchführen lassen. Allerdings fiel das Ergebnis offenbar nicht wie gewünscht aus, denn es zeigte sich, dass das neue Antibiotikum bei einigen Personen heftige allergische Reaktionen auslöste. Daraufhin hatte Sanophil das Medikament wohl modifiziert und erneut Tests durchführen lassen, dieses Mal allerdings in China. Und siehe da: es wurden kaum Nebenwirkungen beobachtet. Allerdings deuteten einige der Mails darauf hin, dass man sich die Ergebnisse der zweiten Studie 'gekauft' hatte.

"Das mag ja alles so sein", dachte Nils, "und so etwas ist bestimmt eine gute Story und wird den Bekanntheitsgrad unserer Zeitung enorm erhöhen, aber diese Dokumente beweisen zu wenig. Nein, so etwas kann man in diesem Stadium noch nicht veröffentlichen. Das ist viel zu risikoreich. Aber wie kann man hier weiterkommen?"

Nils hatte schon gleich auf die Mailadresse, von der die Dokumente abgeschickt worden waren, geschrieben, aber keine Antwort erhalten. "Wenn Herr Preuss die Dokumente geschickt hatte, dann kann er ja auch nicht mehr antworten."

Das war offenbar eine Sackgasse.

21 Verrat

"Das hat ja super funktioniert", freute sich Stefan.

Er hatte erreicht, dass Ina sofort von der Zeitung zu Sanophil wechseln konnte. Und die Werbeanzeigen, die er der Zeitung dafür versprochen hatte, waren sicher auch eine gute Sache für Sanophil.

Schon morgen würde er Ina ihrer neuen Abteilung vorstellen.

Da bisher in der Zeitung auch noch nichts von den anonym zugesandten Dokumenten erwähnt worden war, ging Stefan davon aus, dass von dort nichts mehr zu erwarten wäre. Wahrscheinlich hatte Ina hier geholfen, aber das wollte er besser nicht ansprechen. Und falls Hans Preuss der Verräter war, dann war das jetzt ja auch erledigt.

Dieser Tag lief endlich wieder einmal gut, und Stefan wollte seinen Fluglehrer anrufen um eine weitere Flugstunde zu verabreden.

"Scheiße", schrie Stefan und schlug mit der Faust so stark auf den Tisch, dass sie sofort höllisch schmerzte. Aber seine Wut musste ein Ventil finden. Ungläubig überflog er noch einmal das Anschreiben.

Guten Tag Herr Kleine,

die nachfolgenden Unterlagen habe ich mit einem entsprechenden Kommentar an die Zeitung gesandt. Ich kann es einfach nicht mit meinem Gewissen vereinbaren und ruhig zusehen, wie unschuldige Menschen durch die starken allergischen Nebenwirkungen unseres neuen Antibiotikums eventuell zu Schaden kommen.

Stefan wählte mit zitternden Fingern die Nummer von Göran.

"Hattest du mir nicht gesagt, dass Hans Preuss der Verräter ist? Und ist der jetzt nicht tot? Dann komm' bitte einmal sofort in mein Büro."

Göran hörte die Wut aus Stefans Stimme heraus. Aber das war offenbar im Moment keine große Kunst.

"Ich bin sofort da."

22 Zeitungsredaktion

"Das ist ja unglaublich", sagte Nils zu sich selbst und schüttelte den Kopf. Als ihm die tägliche Post an seinem Schreibtisch in der Redaktion vorbeigebracht wurde, war ihm sofort ein Briefumschlag aufgefallen. Auf diesem stand keinerlei Adressat oder Absender, enthielt aber dafür einen Stempel der Poststelle 'Redaktion'. Er öffnete den DIN A4 Umschlag und entnahm ein Anschreiben und zwei zusammen getackerte mehrseitige Dokumente. Als er diese erst einmal grob durchblätterte, staunte er nicht schlecht: es waren die beiden Studien, die er vor einigen Tagen schon einmal per Mail erhalten hatte, damals vermutlich von Hans Preuss.

"Da muss es bei Sanophil ja noch jemanden geben, der ein schlechtes Gewissen hat."

Sofort rief er Sven an und bat ihn Augen und Ohren offen zu halten. Wo zwei sind, da gibt es ja vielleicht auch drei oder vier. Und irgendwie konnte man mit so jemandem vielleicht in Kontakt kommen. Nils witterte schon die ganz große Story....

23 | Jobantritt

"Was ist das denn für eine Tunte", dachte Maya als Herr Kleine mit Ina das Labor betrat. Maya hatte sofort eine Abneigung gegen diese Frau mit Highheels, kurzem engen schwarzen Rock, weißer Bluse, mit offenbar Push-up BH darunter, und einem Make-up, das eher einer Kriegsbemalung glich.

"Hallo", sagte Stefan Kleine, "ich möchte ihnen Ina Rupp vorstellen. Ina wird die Aufgaben vom leider verstorbenen Hans Preuss übernehmen und zukünftig diese Abteilung leiten."

Maya schüttelte unbewusst den Kopf: "Auch das noch."

"Bis Frau Rupp sich fachlich eingearbeitet hat, wird Maya Mötel ihr bei fachlichen Dingen zur Seite stehen." Dabei schaute Stefan etwas unsicher in die Runde und überlegte, welche von den drei anderen Frauen wohl Maya Mötel sein könnte. Schließlich fand er eine Lösung dieses Problems. "Frau Mötel, begrüßen sie doch einmal ihre neue Chefin."

Gezwungenermaßen trat Maya drei Schritte vor und streckte Ina ihre Hand entgegen. "Hallo, ich bin Maya Mötel."

"Ich freue mich, sie kennen zu lernen, Frau Mötel. Oder darf ich Maya zu ihnen sagen?"

"Wie sie möchten", antwortete Maya notgedrungen.

Dann drehte sich Ina etwas weg und den anderen zu. "Wie sie ja gerade erfahren haben, werde ich jetzt diese Abteilung leiten. Ich freue mich außerordentlich, dass ich diese interessante Aufgabe erhalten habe." Dabei schaute sie Stefan Kleine an. "Ich werde sicher einige Zeit benötigen, bis ich mir ein detailliertes Bild von dieser Abteilung gemacht habe und danach werde ich dann einiges optimieren. Aber keine Angst, Veränderungen sind Chancen."

"Die versteht ihr Handwerk", dachte Stefan hoch zufrieden darüber, dass er mit Ina auch in Hinblick auf ihre Aufgabe als Managerin offenbar eine gute Wahl getroffen hatte.

"Ab sofort", fuhr Ina fort, "werde ausschließlich ich Entscheidungen treffen. Und ich meine damit sämtliche Entscheidungen." Dabei schaute sie der Reihe nach jedem fest in die Augen. "Ich bitte außerdem darum, meinen Anweisungen Folge zu leisten. - Haben sie noch irgendwelche Fragen?"

Maya räusperte sich. "Was haben sie denn bisher gemacht?"

"Ich habe in einem anderen Unternehmen eine etwas kleine Gruppe geleitet."

"In einem Pharmaka Unternehmen?"

"Nein, aber Management ist unabhängig vom Produkt. Bei fachlichen Fragen habe ich ja sie als Experten und werde mich auf ihre Expertise stützen. Und wenn sich die als falsch herausstellt, dann werde ich sie natürlich auch dafür in die Pflicht nehmen. - Sonst noch Fragen?"

Maya hatte noch jede Menge Fragen. Aber es schien ihr sinnlos diese zu stellen. Maya wusste aber eines, wenn sie einmal die Chance haben sollte, dieser Tunte eins auszuwischen, dann würde sie es mit Begeisterung tun. Notfalls ohne Rücksicht auf die Folgen.

24 Gegenmaßnahme

Stefan war mit der, aus seiner Sicht überaus erfolgreichen Einführung von Ina sehr zufrieden. Außerdem hatte Ina ihn bei sich zum Essen eingeladen. Alles hätte so schön sein können, wäre da nicht dieser neue Verrat gewesen. Er konnte die damit verbundenen Probleme einfach nicht verdrängen. Ständig ging es ihm im Kopf herum.

Göran hatte sich das Begleitschreiben zu den Unterlagen sehr genau angeschaut, konnte aber keine Rückschlüsse daraus ziehen.

"Diese wenigen Informationen lassen leider keine Schlussfolgerungen zu. Ich kann nicht einmal mit Sicherheit sagen, ob es einen neuen Verräter gibt oder ob der alte das an dich geschickt hat."

"Und nun?", fragte Stefan.

"Ich bleibe dabei, dass der erste Verrat von Hans Preuss begangen wurde. Meine Analyse der Zugriffsrechte auf die Dokumente deutet ganz klar auf ihn. Und jetzt gibt es einen neuen Täter, sehr wahrscheinlich aus seiner Abteilung. Vielleicht war der Betreffende der Meinung, dass Hans Preuss die Dokumente noch nicht abgeschickt hat und wollte das nachholen."

"Klingt irgendwie logisch. Und was sollen wir jetzt tun? Alle Mitarbeiter der Abteilung verhören?"

"Ersten haben wir kein Recht dazu und zweitens wird kaum jemand zugeben, dass er der Verräter ist. Ihm wird sicher bewusst sein, dass ein Strafprozess und Regressansprüche in Millionenhöhe auf ihn zukommen."

"Aber wir können doch nicht nur stillsitzen und Däumchen drehen."

Göran kaute eine Weile gedankenverloren auf seiner Unterlippe. Dann schaute er Stefan wieder an. "Ich werde eine Rundmail versenden, dass offenbar Firmengeheimnisse verraten werden und alle Mitarbeiter bitten, die Sicherheitsvorschriften genau einzuhalten. Außerdem werde ich eine Belohnung für denjenigen aussetzten, der durch Informationen dazu beiträgt den Verräter dingfest zu machen. Und wir müssen hier eine große Summe nennen, ich denke an 150.000.- €."

"Eine solche Summe ist unmöglich."

"Ich weiß, und die wird der Entsprechende auch nicht erhalten. Uns wird da schon irgendetwas dazu einfallen. Schlussendlich bekommt er bestenfalls tausend und das war es dann. - Vorausgesetzt, dass überhaupt jemand brauchbare Tipps liefert."

"Göran, du bist ein geniales Schlitzohr. Aber woher weißt du, dass es überhaupt Mitwisser gibt?"

"Ich vermute es stark. Für mich sieht es wie folgt aus: jemand hat offenbar von der geplanten Aktion von Hans Preuss gewusst. Als er verstarb und sich nichts getan hat, ist er davon ausgegangen, dass Herr Preuss seine Tat nicht vollendet hat und ist selbst aktiv geworden. Wo es aber einen Mitwisser gibt, da gibt es meistens auch mehrere."

"Klingt logisch. - In Ordnung, verschicke eine entsprechende Mail."

"Und wenn du den Verräter gefunden hast, dann werde ich den Rest erledigen."

"Ich weiß, das kannst du ja besonders gut".

Mit einem breiten Grinsen verließ Göran Stefans Büro.

25 Zweifel

Als Maya ihre Mails durchschaute, viel ihr sofort die Mail von der Sicherheitsabteilung auf. Nachdem sie diese geöffnet und überflogen hatte, wurde sie blass. Natürlich hatte Maya provoziert, dass in der Firma nach dem Maulwurf gefahndet würde, aber sie hatte nicht eine solche massive Kampagne erwartet.

"Was, wenn ich trotz aller Vorsicht doch irgendeine Spur hinterlassen habe?", fragte sich Maya. "An die Konsequenzen mag ich gar nicht denken." Plötzlich bekam Maya wieder krampfartige Bauchschmerzen und musste sich krümmen. "Scheiße, genau wie damals, kurz nach der Trennung von Torben. Ich will das nicht alles noch einmal durchmachen!"

Es dauerte lange, bis die Schmerzen langsam nachließen. Sie konnte nicht davon ablassen und schaute wieder und wieder auf die Mail. Dabei viel ihr das Wort 'zweimal' auf, das sie vorhin überlesen hatte: 'Leider mussten wir feststellen, dass **zweimal** kurz hintereinander Firmengeheimnisse verraten worden sind.' "Wieso zweimal? Ich habe zwar zwei Dokumente weitergegeben, aber die betreffen doch dieselbe Sache. Und das war außerdem zusammen und nicht kurz hintereinander. Gibt es etwa noch einen anderen Fall?"

Irgendwie hatte Maya doch noch den Arbeitstag geschafft und war völlig unkonzentriert nach Hause gefahren. Dort hatte sie nur das Nötigste erledigt und sich dann ins Bett gelegt. Doch einschlafen konnte sie noch lange nicht. Warum hatte sie sich nur zu dieser Dummheit hinreißen lassen? Was, wenn heraus käme, dass sie es war? Was sollte aus ihrer Tochter werden, wenn sie ins Gefängnis musste? Welche Spuren könnte sie hinterlassen haben?

Alle diese Fragen quälten sie. Sie würde gerne etwas tun, um ihre Tat zu verschleiern. Aber was?

Es dauerte lange, bis sie einschlief. Und nach kurzer Zeit hatte sie wieder den Albtraum von ihrer Verhaftung und erwachte wieder schreiend. „Wenn ich diesen Albtraum nicht bald loswerde, dann gehe ich dabei drauf!"

Maya konnte nicht richtig einschlafen und stand deshalb früher als üblich auf und fuhr zur Firma. Damit nahm das Schicksal seinen Lauf....

26 Diebstahl

Es war erst halb sechs Uhr morgens, aber Sven war schon bei Sanophil unterwegs. Offiziell führte er ein Software Update durch. In Wirklichkeit nutzte er aber die Gelegenheit um in einigen Räumen nach Hinweisen zu suchen, die mit den Studien über die Antibiotika zu tun hatten...

Als er im Flur um eine Ecke bog winkte ihm die dunkelhäutige Putzfrau mit Kopftuch zu. Sie kannte ihn, und wusste, dass er manchmal schon um diese Zeit arbeitete. - Sie würde bestimmt nicht argwöhnisch sein.

Schließlich war Sven bei Hans ehemaligem Büro angekommen. Oder wäre es passender 'bei ehemals Hans Büro' überlegte sich Sven. Egal wie, es war schade dass Hans bei diesem Unfall so früh aus dem Leben geschieden war.

Als er die Tür zum Büro öffnen wollte, war diese verschlossen. "So ein Mist", fluchte Sven. "Was nun?" Aber dann hatte er eine Idee. Er ging zur Putzfrau zurück und sprach sie an.

"Guten Morgen. Ich habe ein Problem. Ich muss in den Raum 149 und mein Schlüssel passt nicht. Können sie mir helfen?"

Als Sven sie angesprochen hatte, waren ihre Augen zuerst ängstlich gewesen, aber jetzt lächelte sie freundlich. "Kein Problem. Ich schließe ihnen auf."

Und damit ging sie zielstrebig in ehemals Hans Büro. - Sven wunderte sich, dass ihr Deutsch völlig akzentfrei war. Wenn sie schon in zweiter oder dritter Generation in Deutschland lebte, warum war sie dann nur eine Niedriglohn 'Putze'? Gibt es hier so eine Art Sippenhaft?

Bevor Sven seine ketzerischen Gedanken zu Ende bringen konnte, waren sie schon angekommen und die 'Raumkosmetikerin' schloss die Tür auf.

"Danke."

"Gern geschehen. Und noch einen schönen Tag."

"Danke gleichfalls." - Sven war immer noch etwas verwirrt.

Aber jetzt ging er erst einmal ins Büro und zog die Tür hinter sich zu. Wenn Herr Preuss etwas mit diesen Studien zu tun hatte - und daran hatte er keinen Zweifel - dann müsste es hier weitere Unterlagen geben.

Sven ging zum Schrank. Die Tür klemmte zwar ein wenig, aber glücklicherweise war sie nicht verschlossen. Im Schrank stapelten sich, offenbar in chaotischer Ordnung, Unmengen von Papieren, Mappen und Ordner.

"Puh", stöhnte Sven, "wo soll ich hier nur anfangen?" Aber alles Stöhnen nutzte nichts. Also fing Sven links oben an. Er wollte sich zunächst auf die oberste Schicht konzentrieren und von links nach rechts vorarbeiten. So nahm er die jeweiligen Akten und Dokumente und versuchte sie grob zu sichten. Da um diese Uhrzeit niemand außer den Reinigungskräften in den Büros arbeitete, wähnte er sich völlig ungestört.

Doch plötzlich wurde die Bürotür schwungvoll geöffnet. Sven erschrak so sehr, dass er den Stapel Papiere, den er gerade in der Hand hatte, fallen ließ. Maya, die hereingetreten war, starrte ihn genauso erschrocken an.

„Was machen sie denn hier?", fragte sie.

„Ja, äh, ich, ja ich mache hier ein Software Update", stammelte Sven und bemerkte die Hitze in seinem Gesicht, was er so interpretierte, dass er einen hochroten Kopf bekam. So etwas war ihm seit seiner Kindheit nicht mehr passiert.

„Ach so, ein Software Update. Ich verstehe." Maya bückte sich, hob die Papiere auf und reichte sie Sven.

„Ihnen sind die Unterlagen heruntergefallen."

„Danke. Ich bin schon fertig und gehe."

Damit ging Sven um Maya herum und verließ das Büro mit den Papieren. Er schaute dabei noch einmal zurück und wäre fast gegen den Türrahmen gestoßen. Sven fragte sich, ob Maya ihm die Geschichte geglaubt hatte. Aber egal wie, es ließ sich nicht ändern, und die Chance in Hans Büro an Informationen zu kommen, hatte er offenbar ein für allemal vertan. Aber wenigstens war er so schlau gewesen und hatte die Papiere mitgenommen und nicht wieder zurückgelegt; das wäre sehr auffällig gewesen.

Maya blieb verdattert im Büro zurück. Bei den Dokumenten, die heruntergefallen waren, handelte es sich nicht um Software Beschreibungen, das hatte Maya sofort erkannt.

Es sah eher nach Messergebnissen zu dem neuen Antibiotika aus.

Maya fragte sich, ob herausgekommen wäre, dass sie die Informationen an die Zeitung gegeben hätte und deshalb ausspioniert würde. Hatte Sven vielleicht eine Wanze im Büro versteckt? Auf jeden Fall musste sie zukünftig äußerst vorsichtig sein. Was, wenn man ihr etwas nachweisen könnte? Sie mochte gar nicht daran denken, was das für Auswirkungen auf ihre Tochter haben könnte. Was, wenn sie ins Gefängnis müsste oder nie wieder einen Job finden würde? - Maya brach in Tränen aus.

Doch dann, ganz plötzlich, so einfach aus heiterem Himmel, hatte sie eine Eingebung: Man könnte die Situation auch dazu nutzen, eine falsche Spur zu legen. Sie brauchte den heutigen Vorfall nur der Sicherheitsabteilung melden. Was geschehen war, das war geschehen und Sven würde das nicht leugnen können. Und vermutlich konnte die Putzfrau auch etwas dazu sagen.

Maya schaute auf de Uhr: es war jetzt kurz nach sieben. Das war noch zu früh, um das direkt zu melden. Aber sie wollte schon einmal eine Mail schreiben und dann später bei der Sicherheitsabteilung selber vorbeigehen. - Das war ein guter Plan. Angriff ist bekanntlich die beste Verteidigung. - Aber nicht jedes Sprichwort muss auch stimmen ...

27 | Verhör

Maya kam gar nicht mehr dazu bei der Sicherheitsabteilung vorbeizuschauen. Schon kurz vor acht kamen Stefan Kleine und Göran Attika in ihr Büro.

„Hallo Frau Mötel", sprach Göran sie an, „und vielen Dank, dass sie uns mit dieser Mail informiert haben."

„Ja, diese Angelegenheit ist für uns außerordentlich wichtig", schloss sich Stefan wie einstudiert an. „Nun erzählen sie uns doch einmal, was heute früh ganz genau geschehen ist."

Maya kam sich wie bei einem Verhör vor. Während sie an ihrem Schreibtisch saß, standen Stefan und Göran neben ihr und schauten auf sie herab, wo hingegen sie zu beiden empor sehen musste. So eingeschüchtert erzählte Maya brav, wie sie Sven in Hans' Büro getroffen hatte.

Nachdem diese ‚Unterhaltung' beendet war, und Stefan und Göran ihr Büro verlassen hatten, hätte Maya sich in den Hintern beißen können. Warum war sie nicht viel selbstbewusster aufgetreten? Und warum hatte sie sich so einschüchtern lassen? - Aber jetzt war es zu spät.

Derweil grinste Göran Stefan bei ihrem Rückweg im Gang an: „Die haben wir aber ganz schön eingeschüchtert. Ich bin sicher, dass die Kleine die Wahrheit gesagt hat."

Stefan nickte: „Ja, die war so verdattert, die war gar nicht in der Lage etwas zu erfinden."

„Dann werde ich mich einmal ganz unauffällig um Sven Severin kümmern."

„Gerne, aber zunächst müssen wir noch zur Abteilungsleiterversammlung".

„Sehr wohl, Chef", antwortete Göran mit einem breiten Grinsen.

28 | Auftritt

„Sehr geehrte Damen und Herren, liebe Kollegen", begann Stefan und genoss, wie rund vierzig Augenpaare gespannt auf ihn schauten. Die Ansprache mit ‚Kollegen' hatte Stefan bewusst gewählt, um Nähe und Verbundenheit zu signalisieren. In Wirklichkeit hatte er hier keine Kollegen, denn er war in dieser Firma der einzige Big Boss.

„Ich habe mich mit dieser Firma sehr intensiv beschäftigt und möchte ihnen heute das Ergebnis meiner Analyse mitteilen. Kurz zusammengefasst: so wie bisher kann es nicht weiter gehen." Stefan freute sich über den gewollten Effekt: jetzt schauten ihn alle erschrocken an. Nun musste er anfangen Angst zu schüren.

„Sie alle wissen, dass das Überleben dieses Unternehmens von der wirtschaftlichen Situation abhängt, und die ist zurzeit nicht so gut." Das stimmte zwar nicht, aber schließlich waren die Gewinne *nicht so gut*, wie von den Investoren erwartet. - Auch dieser Schuss schien zu sitzen, denn die Gesichter waren noch ängstlicher. - Jetzt konnte Stefan zu dem kommen, was er eigentlich vorhatte.

„Aber ich kann ihnen eine Lösung präsentieren. Unser Investor ist bereit eine größere Geldsumme zu investieren um zu modernisieren. Ich finde das großartig. Das ist eine riesige Chance für diese Firma. Natürlich verschenken Investoren kein Geld, sie erwarten Gewinne und die müssen wir erwirtschaften. Das ist aber auch gar nicht so schwierig, ich möchte ihnen dazu einen Plan präsentieren."

Dann startete Stefan seine PowerPoint Präsentation. „Dieses ist unsere aktuelle Produktpalette ...."

Ganz hinten im Raum saß Sven. Als IT-Administrator gehörte er ganz bestimmt nicht zur Führungsriege, aber er war dafür zuständig, dass die Technik bei diesem Meeting tadellos funktionierte. Er verstand zwar nicht viel von Betriebswirtschaft, es kam ihm aber trotzdem sehr seltsam vor, dass zukünftig keine neuen Antibiotika mehr entwickelt werden sollten. Es sollte lediglich ein ‚Ausverkauf der bisherigen Antibiotika erfolgen', wie Stefan es genannt hatte. Stattdessen sollte sich Sanophil auf potenzsteigernde Mittel und Mittel gegen Alterserscheinungen konzentrieren; das sei der Markt der Zukunft. - So etwas hätte der alte Schlombach bestimmt nicht gewollt; er war stets ein Weltverbesserer gewesen und hatte auch immer viel für wohltätige Zwecke gespendet.

„Das war Punkt eins von dreien", fuhr Stefan fort. „Punkt zwei ist die Senkung der Betriebskosten ..."

Jetzt musste nicht nur Sven eine Flut von Tabellen mit Zahlen über sich ergehen lassen. Und Sven wusste sowie, was das Ergebnis sein würde: Personalabbau. Und bestimmt würde man die IT-Administratoren davon nicht ausnehmen. Ihm wurde übel. Leise stand er auf und verließ fluchtartig den Raum.

„So ein Arschloch", dachte Sven. Ihm war inzwischen egal, ob die Technik dort funktionierte oder nicht. Er wollte nur nicht länger Zeuge dieses Schlachtplanes sein – nämlich des Plans, wie die Firma geschlachtet würde.

Wäre Sven länger geblieben, dann hätte er noch einen weiteren interessanten Teil dieser Veranstaltung miterlebt. Nach zwanzig Minuten kam Stefan zu ‚Fragen und Antworten'. Und vielleicht hätte er dann auch bemerkt, dass seine Sorgen bezüglich der IT-Abteilung durchaus berechtigt waren.

„So liebe Kollegen, hiermit habe ich meine Regierungserklärung beendet und komme jetzt zur offiziellen Fragestunde."

Stefan freute sich über seine Formulierung, die sich so schön auf die Politik bezog. Ja, er war ein guter Redner und konnte Leute geschickt in seinen Bann ziehen – und in die von ihm gewünschten Bahnen lenken.

Es entstand nur eine sehr kurze Pause, denn Ina stand auf und fragte: „Herr Kleine, umfassen ihre Maßnahmen für Einsparungen auch Auslagerungen von Firmenteilen oder Auslagerungen ins Ausland?"

Stefan freute sich. Hatte Ina doch die abgesprochene Frage gut und sehr souverän vorgetragen. Ja, mit Ina würde in Zukunft vieles einfach sein. Von ihrer Abteilung würde kein Widerstand gegen seine Pläne ausgehen. Und außerdem war ihr Hintern sehr sexy ...

„Frau Rupp, das trifft sich gut. - Darf ich ihnen bei dieser Gelegenheit gleich Ina Rupp vorstellen, die neue Leiterin unserer Forschungsabteilung. Sie hatte vorher eine leitende Funktion bei einer befreundeten Firma gehabt."

Stefan deutete auf Ina und wartete, bis sich alle anderen umgedreht und auf Ina geschaut hatten. Dann fuhr er fort.

„Nein, in der Forschung und Fertigung werden wir nicht auslagern. Das kann ich ihnen versichern."

Damit hatte Stefan dieses Thema abgehakt und schaute in durchaus zufriedene Gesichter. Was er natürlich nicht erwähnt hatte war, dass sämtliche anderen Abteilungen ausgelagert würden und zwar bevorzugt ins Ausland. Dort waren die Löhne sehr viel niedriger und mit geringen Qualitätseinbußen konnte er leben. Als erstes würde er mit der IT-Abteilung beginnen.

29 Nachforschungen

Sven war in sein Büro zurückgekehrt und musste sich erst einmal abregen. Dieser Stefan Kleine war wirklich dabei, diese Firma aus Profitgier zu zerstören. Sanophil hatte eine lange Tradition mit Antibiotika, und viel Erfahrung damit. Wenn man seriös war, dann konnte man eine solche Firma nicht von einem Tag auf den anderen auf Potenzmittel umstellen. Sven war zwar kein Fachmann, aber selbst ihm war klar, dass man hierfür einen jahrelangen Vorlauf für Forschung und Entwicklung brauchte.

„Und warum war eigentlich dieser Göran bei diesem Meeting gewesen", fragte sich Sven. „Der hat doch mit der Leitung dieser Firma überhaupt nichts zu tun. Es ist schon eigenartig, dass Stefan Kleine und Göran stets als Gespann erscheinen. Da muss doch irgendetwas faul sein."

× × ×
× × ×

Sven wartete noch eine Zeitlang, bis er sich sicher war, dass das Meeting zu Ende sein musste. Dann ging er rauf und baute Mikrofon und Beamer ab. Dabei trödelte er etwas, weil es für das, was er heute noch vor hatte sowieso zu früh war.

× × ×
× × ×

Stefan hatte beschlossen, zum Gasthof in Oortkaten zu fahren. Nils hatte ihm da einen schönen Floh ins Ohr gesetzt. Spätestens nachdem Nils ihm von dem Telefonat mit Kommissar Heise berichtet hatte, war sein Jagdinstinkt geweckt worden. Warum sonst hätte er in Hans Büro spionieren sollen, und sich dann sogar noch erwischen lassen? Dabei interessierte ihn weniger, ob irgendwelche Firmengeheimnisse verraten worden waren, sondern vielmehr, ob Hans Preuss durch einen Unfall getötet worden war, oder ermordet wurde. Und wenn das zutraf, dann wollte er auch mithelfen den Täter zu fassen. Sven hatte zwar nur wenig Kontakt mit Hans Preuss gehabt, aber der freundliche, nette ältere Herr war ihm in Erinnerung geblieben.

Als Sven das Gasthaus erreichte, war es bereits dunkel. Es saßen nur drei Männer mittleren Alters an der Theke, tranken Bier und klönten. Ansonsten war die Gaststube leer. Das war ja eigentlich logisch, war es schließlich Anfang November und mitten in der Woche. Es hatte aber wahrscheinlich auch einen Vorteil, dass es kaum Gäste gab, so konnte Sven besser mit dem Wirt sprechen. Erst einmal bestellte sich Sven Essen und ein alkoholfreies Bier.

30 | Verkehrsunglück

In Gedanken Versunken trat Sven aus dem Gasthof auf die Straße heraus. Es hatte angefangen zu nieseln. „Merkwürdig", dachte Sven, „genau wie an dem Abend, an dem Hans Preuss auf der Rückfahrt verunglückte."

Das Gespräch mit dem Wirt hatte nicht viel ergeben und außerdem war der Wirt auch schon von der Polizei verhört worden. Abgesehen von dem leckeren Essen, war der Besuch hier also vergeblich gewesen.

Allerdings hatte der Wirt etwas berichtet, was Sven vorhin gar nicht weiter beachtet hatte, und das ihn jetzt aber zum Grübeln brachte. Die Frau vom Wirt hatte gesagt, dass sie sich damals sehr geärgert hatte, weil sie zu später Stunde noch schnell etwas besorgen musste und ein Auto die Ausfahrt weitgehend zugeparkt hatte. Nur mit großer Mühe war sie herausgekommen. Und nachdem sie wenig später zurückgekommen war, hatte das Auto nicht mehr dort gestanden. Sven hatte sich noch gefragt, warum die auch ansonsten sehr geschwätzige Wirtin, diese unwichtige Sache berichtet hatte. Sven hatte das schon vergessen, wurde jetzt aber daran erinnert; denn halb in der Ausfahrt stand auch jetzt ein Auto und das, obwohl viele Parkplätze frei waren.

„Auch dieses Detail stimmt zufällig überein", dachte Sven. „Abgesehen davon, dass es früher ist, ist alles wie in der Nacht des Unglücks."

Sven hatte schon vorher beschlossen, zunächst dieselbe Strecke für die Rückfahrt zu nehmen, die auch Hans damals gefahren war. Er hatte sich das zuvor auf Google Maps angeschaut. Doch jetzt hatte er ein beklemmendes Gefühl, weil alles so authentisch erschien. Leicht widerwillig stieg er ein und fuhr los. Was musste Hans damals gedacht oder gefühlt haben?

Schon wenige Meter nach dem Gasthof war alles dunkel und menschenleer. Einzig ein anderes Auto fuhr in größerem Abstand hinter Sven hinterher. Ob das damals wohl auch so gewesen war? - Nach wenigen Minuten näherte sich Sven dem damaligen Unglücksort. Dort vorne kam schon die Kurve, die er sich von Google Maps gemerkt hatte. Sven wollte gerade den Fuß vom Gas nehmen um langsam an der Stelle vorbeizufahren, da wurde er von einem plötzlich entgegenkommenden Auto geblendet.

"So ein Idiot", dachte Sven. Da er so stark geblendet war, dass er von der Straße nicht viel erkennen konnte, verringerte er langsam die Geschwindigkeit weiter und orientierte sich an den entgegenkommenden Scheinwerfern. Deshalb wich er etwas nach rechts aus. Aber irgendwie war alles eigenartig; es passte nicht zusammen.

"Scheiße!"

Sven riss automatisch das Steuer nach Rechts und trat auf die Bremse. Dann wurde Sven plötzlich herumgewirbelt, herumgestoßen und schlug mit dem Kopf hart gegen etwas. Sven stöhnte vor Schmerzen auf.

31 | Angst

Maya war inzwischen beim vierten Glas Wein angelangt. Allmählich begann sie sich zu entspannen und die Magenschmerzen, die sie den Tag über geplagt hatten, ließen nach. Sie hatte heute schon früher mit der Arbeit aufgehört, weil es sowieso keinen Zweck mehr gehabt hatte. Sie hatte sich überhaupt nicht mehr konzentrieren können und nur daran denken müssen, was sie möglicherweise angerichtet haben könnte. Was, wenn sie Sven Severin zu Unrecht denunziert hatte? Was, wenn es ihm ebenso ergehen würde, wie es ihr damals ergangen war, als sie völlig ahnungslos verhaftet worden war? Ja, Sven hatte sich unberechtigten Zugang zu Akten verschafft. Aber wollte er wirklich etwas Unerlaubtes machen oder hatte es stattdessen nur den Anschein? Maya hatte bei ihrer Verhaftung damals ja schließlich auch Rauschgift in ihrer Handtasche gehabt und nichts davon gewusst. - Und wieder kam die alte Geschichte in ihr hoch.

Maya trank noch einen Schluck. Sollte sie sich vielleicht lieber stellen und zugeben, dass sie die Verräterin war?

„Es ist doch egal, was aus mir wird, aber was soll dann aus meiner Tochter werden?" Maya erschrak, dass sie inzwischen laut zu sich selber sprach. - Ihre Tochter war inzwischen das Allerwichtigste in ihrem Leben.

„Ja, das Allerwichtigste. Nur schade, dass sie keinen Vater zur Seite hat. Und nicht nur sie", dachte Maya. „Wie gerne hätte auch ich wieder einen Mann an meiner Seite."

Maya hatte durchaus noch positive Erinnerungen an Männer. Auf der anderen Seite war sie sich allerdings sicher, dass sie nach dieser bösen Geschichte mit ihrem ehemaligen Mann wohl niemals mehr in der Lage sein würde eine entsprechende emotionale Beziehung zu einem anderen Mann aufbauen zu können.

Maya merkte nicht, wie sie langsam im Sessel einschlief.

32 | Überlebt

Es dauerte einige Zeit, bis Sven wieder klar denken konnte, und noch etwas länger, bis er seine Lage erfasst hatte. Er hing offenbar kopfüber in seinem Auto oder genauer: er hing im Sicherheitsgurt in seinem auf dem Kopf liegenden Auto.

„Du musst jetzt ruhig bleiben", sagte Sven zu sich selbst. „Du musst einen kühlen Kopf bewahren". Dann atmete er erst einmal tief durch.

„Was machst du jetzt als erstes?" - Er blickte um sich. „Wie kann ich mich befreien?" Da hörte Sven, wie sich auf der Straße ein Auto näherte. Das konnte die Rettung sein. Er schaute nach links aus dem Fenster und sah, wie ein Auto auf der Straße erst langsam fuhr und dann anhielt. Der Fahrer stieg aus. - Das war die Rettung!

Sven wollte laut um Hilfe rufen. Aber dann überkam ihm plötzlich ein unerklärlicher Impuls, das nicht zu tun. Stattdessen blieb er regungslos hängen. Er sah, dass der Fahrer eine Taschenlampe in der Hand hielt und zu ihm herunter leuchtete. Dann stieg der Fahrer wieder ein und fuhr davon.

Sven war schlagartig klar geworden, wie Hans Preuss gestorben war.

Nachdem es Sven mit einiger Mühe geschafft hatte, sich aus dem Auto zu befreien, rief er als erstes Nils auf seinem privaten Handy an.

„Hallo Nils", begann er, „ich weiß jetzt, wie Hans Preuss gestorben ist. Er wurde ermordet!"

„Ich hatte schon immer diesen Verdacht, aber wie kommst du darauf, Sven?"

„Weil man dasselbe gerade mit mir versucht hat, aber ich habe es überlebt."

„Waaaas? Wie geht es Dir?"

„Ich weiß es noch nicht so genau, aber ich denke es geht mir gut."

„Wo bist du?"

„Auf einem Acker. Die Schweine haben mich geblendet und von der Straße gedrängt. Die sind mir entgegengekommen und dann langsam auf meine Spur gewechselt, so dass ich nach rechts von der Straße abgekommen bin. Ungefähr dort, wo sie dasselbe mit Hans Preuss gemacht haben. Diese Arschlöcher!"

„Nun beruhige dich erst einmal. Hast du den Rettungsdienst schon gerufen? Was kann ich für dich tun?"

„Das mache ich gleich. Ich habe allerdings eine große Bitte, und das ist dringender. Schicke einen Reporter vorbei, aber verfasse die Nachricht in der Zeitung so, dass es keinerlei Bezug zu mir gibt. Und lass es so aussehen, als ob ich dabei getötet wurde. Wird das noch in der morgigen Ausgabe erscheinen?"

„Das mit der morgigen Ausgabe wird schwierig, aber ich werde das schon irgendwie hinbekommen. Aber warum das Ganze?"

„Ich habe da einen Plan."

33 | Zeitungsartikel

Mit einem Grinsen las Sven die Zeitung. Gleich auf dem Titelblatt war die Geschichte von seinem Unfall abgedruckt. Nils und sein Fotograf hatten hervorragende Arbeit geleistet. Es gab ein Foto mit dem Autowrack und zwei Feuerwehrmännern, wobei einer so vor dem Nummernschild stand, dass es nicht zu erkennen war. Es stand zwar nirgendwo geschrieben, dass Sven dabei getötet worden war, aber ein unbefangener Leser musste diesen Eindruck erhalten.

Inzwischen war es kurz nach zehn und Sven beeilte sich in die Arbeit zu kommen. Es war in der Nacht sehr spät geworden: die vorsorgliche Untersuchung im Krankenhaus, die Vernehmung der Polizei und so weiter. Abgesehen davon, dass er sich ausgelaugt und müde fühlte und eine große Beule am Kopf hatte, ging es ihm aber großartig.

„Ich habe sehr viel Glück gehabt." - Das hatten auch Nils und später der Polizist zu ihm gesagt. Jetzt wollte Sven aber schnell in die Firma um seinen genialen und hinterlistigen Plan ausführen. - Jedenfalls war das noch seine Meinung von dem Plan.

Als er die Wohnung verließ, traf er auf Alice, eine Nachbarin, die ihn völlig erschrocken anschaute.

„Du ..., du ..., du lebst ja noch", stotterte sie.

„Ja, warum denn nicht?"

„Ich habe das Foto in der Zeitung gesehen und sofort deinen Wagen erkannt. Und dort stand doch, dass du tot bist. Stimmt das denn nicht?"

Sven musste grinsen. „Du siehst doch, dass es nicht stimmt, ich lebe doch. Die Zeitung hat den Bericht unglücklich verfasst. Ich bin nur etwas verletzt. Es ist alles in Ordnung."

Dann ging Sven weiter und ließ die immer noch verstörte junge Frau einfach stehen. Beim Vorbeigeben sah er noch, wie sie sich bekreuzigte. Vielleicht glaubte sie immer noch fest an die Presse – in diesem Fall musste er ja auferstanden oder der Leibhaftige sein.

Auf der einen Seite freute sich Sven, weil diese Begegnung gezeigt hatte, dass sein Plan funktionieren würde. Denn wenn er in der Firma auf den Mörder beziehungsweise dessen Auftraggeber treffen würde, dann würde dieser zuerst genauso erschrocken dreinschauen wie die Nachbarin. Denn mindestens nach diesem Zeitungsartikel musste er sich sicher sein, dass Sven tot wäre. - Auf der anderen Seite fragte er sich, woran Alice sein Auto erkannt hatte. Es sah doch genauso aus wie tausenden anderer Toyota Aygos. OK, er musste ja zugeben, dass Alice ihn aus früheren Zeiten extrem gut und auch alles von ihm kannte, aber das bezog sich doch auf ihn und nicht das Auto. - Aber egal wie, das änderte nichts an dem Plan.

Endlich war Sven bei der Firma angekommen und schon ungeduldig darauf, ob irgendjemand in der Firma auf sein Erscheinen eigenartig reagieren würde. Auf dem Weg dorthin hatte er sich überlegt, wie er es am geschicktesten anstellen könnte, dass er auf möglichst viele potentielle Kandidaten treffen würde. Aber als erstes musste er noch einmal kurz in sein Büro.

Als Sven um die Ecke bog, sah er Maya vom anderen Ende des Ganges auf ihn zukommen. Ihre Augen sahen eingefallen aus, als ob sie zwei Nächte durchgemacht oder viel geweint hätte. Doch plötzlich schien Maya zu erschrecken, jedenfalls ging eine ruckartige Zuckung durch ihren gesamten Körper und sie blieb abrupt stehen. Ihr Mund öffnete sich, aber es kam kein Ton heraus. Währenddessen war Sven einige Schritte auf sie zugegangen und durch ihre Erscheinung völlig verwirrt. Das sollte sich aber noch steigern. Denn plötzlich rannte Maya die wenigen verbleibenden Schritte auf Sven zu und rief etwas so laut, dass Sven erschrak.

„Du lebst ja noch! Gott sei Dank, du lebst!"

Bevor Sven antworten konnte, stürzt sich Maya auf ihn, umarmte ihn und begann zu weinen. Sven war immer noch verwirrt, begann aber automatisch ihren Rücken zu tätscheln.

„Warum sollte ich nicht mehr leben?", fragte er ruhig.

Maya versuchte zwischen dem Schluchzen etwas zu sagen, was Sven aber nicht genau verstand. Dann schien sie langsam ruhiger zu werden.

Plötzlich merkte Sven, wie sich Mayas Körper verspannte. Dann stieß sie sich von ihm weg.

„Entschuldigung, ich weiß nicht, was in mich gefahren ist."

Damit drehte sich Maya um und lief davon. Sven war jetzt vollkommen verwirrt. Er konnte es immer noch nicht glauben, dass diese völlig distanzierte und für ihre Unnahbarkeit bekannte junge Frau sich ihm an den Hals geworfen hatte. Dieses konnte nur bedeuten, dass sie etwas mit dem Mordversuch an ihm zu tun haben musste. War sie gar die Mörderin? Das konnte sich Sven schwerlich vorstellen. Zudem war Maya ja offensichtlich überaus glücklich gewesen, dass er noch lebte. Nein, sie war keine Mörderin, sondern eine Mitwisserin. Damit hatte er aber den Mörder immer noch nicht. Aber immerhin wusste er jetzt, wo er einen Hebel ansetzen konnte.

Sven war es entgangen, dass Ina Rupp in einiger Entfernung die Szene beobachtet hatte. Vorsichtig schlich sie sich davon.

34 | Verdächtigung

Der nächste Verdächtige aus Svens Liste war Göran. Also machte er sich auf den Weg zu dessen Büro. Er würde Göran irgendetwas von einem missglückten Versuch von Hackern berichten. Das war ein guter Vorwand und Göran würde das einfach akzeptieren müssen.

Auf dem Weg zu Görans Büro lief Sven unerwartet, und auch völlig ungewollt, Stefan Kleine über den Weg. Als Stefan ihn sah, stockte er, wandte sich Sven zu, und sprach ihn an. Dabei sah sein Gesicht erstaunt aus; jedenfalls hatte Sven diesen Eindruck.

„Hallo Herr Severin. Wie geht es ihnen? Viel zu tun?"

„Danke gut. Und Arbeit habe ich genug", antwortete Sven etwas irritiert.

„Fein. Können sie nachher einmal in meinem Büro vorbeischauen? Passt es in einer Stunde?"

„Ja."

„Gut, dann bis nachher."

Damit drehte sich Stefan um und ging weiter. - So hatte sich Sven eine Reaktion zwar nicht vorgestellt, aber immerhin eine deutliche Reaktion. Dann ging auch Sven weiter und zwar in Richtung von Görans Büro. Allerdings wurde er ein zweites Mal aufgehalten, nämlich von einer Kauffrau, die angeblich nicht mehr ins Internet kam. Aber auch dieses Problem hatte Stefan schnell gelöst: Fehler '42'. - Das bedeutet, dass der Fehler 42 cm vor dem Bildschirm saß.

Als Sven vor Görans Büro angekommen war, klopfte er kurz an und trat dann ohne eine Antwort abzuwarten ein. Göran saß an seinem Schreibtisch, blickte auf und schaute Sven grinsend an.

„Hallo Herr Severin. Wie geht es ihnen? Viel zu tun?"

Sven war völlig irritiert. Zum einen schien Göran überhaupt nicht erstaunt ihn zu sehen, und zum anderen begrüßte er Sven genauso, wie Stefan das zuvor gemacht hatte.

„Danke gut. Und Arbeit habe ich genug", antwortete Sven wieder, aber dieses Mal sichtlich verwirrter.

„Fein. Gut dass sie hier sind, ich habe nämlich einige Fragen an sie. Setzen sie sich doch."

Und dann begann ein unangenehmes Verhör über seinen Besuch in Hans Preuss Büro und die Entdeckung durch Maya.

Es dauerte fast eine Stunde, bis Göran von ihm endlich abließ und Sven gehen konnte. Obwohl Sven nicht dumm war und höllisch aufpasste, hatte er sich doch zweimal in Widersprüche verstrickt.

Als er bei Stefans Kleines Büro ankam, schien die Sekretärin seine Ankunft schon erwartet zu haben.

„Hallo Sven. Ich soll ihnen von Herrn Kleine ausrichten, dass sich die Angelegenheit schon erledigt hat. Außerdem hat er noch gleich einen Termin mit unserer Sicherheitsabteilung."

„Merkwürdig dachte Sven, sehr merkwürdig."

35 Verräterin

„Scheiße", sagte Sven vorsichtig vor sich hin, „das sieht nicht gut aus. Was soll ich nur tun?"

Spätestens nach dem Verhör durch Göran hatte Sven keinerlei Zweifel mehr daran, dass Maya ihn verpfiffen hatte. Deshalb verstand er ihre Reaktion vorhin noch weniger. Also machte er sich auf den Weg zu Hans ehemaligem Büro um mit Maya zu sprechen. Auf dem Weg überlegte er sich, ob er dabei behutsam oder aggressiv vorgehen sollte. Druck erschien ihm schließlich als die bessere Methode.

Und nun stand Sven vor Hans Büro. Die Tür war nur angelehnt und stand einen winzigen Spalt offen. Vorsichtig schaute Sven ins Büro; dabei musste er seinen Kopf hin- und her bewegen um ein mehr oder weniger vollständiges Bild zu erhalten. Und dann hatte er Maya gesehen, den Kopf in den Händen vergraben und die Ellbogen auf den Schreibtisch gestützt; so saß sie da. Und jetzt vernahm Sven auch, dass sie leise weinte.

Mitleid überkam ihn, und plötzlich wusste er, was er tun sollte. Er ging ins Zimmer und sprach Maya leise und ruhig an.

„Maya, es wird alles wieder gut. Ich weiß, das sagen Eltern immer zu ihren Kindern so einfach dahin, aber in diesem Fall wird wirklich alles wieder gut. Mir geht es gut und ich bin dir auch nicht böse. Auch ich war in dieser Sache nicht immer aufrichtig und trage Schuld. Eher musst du mir böse sein als ich dir. - Darf ich überhaupt beim Du bleiben?"

Maya nickte. „Aber ich habe dich doch fast umgebracht."

„Es mag für dich so aussehen, aber in Wirklichkeit war es etwas anders. Lass uns darüber reden und dann kommt alles wieder in Ordnung."

Maya seufzte. „Aber nicht hier und nicht heute. Ina hat mich gerade zur Brust genommen und mit einer Abmahnung gedroht. Was soll nur werden, wenn man mir hier kündigt. Was soll dann nur aus meiner To..."

Maya brach mitten Im Satz ab und begann wieder zu weinen. Sven stellte sich hinter sie und legte eine Hand auf ihren Rücken.

„Auch dafür wird sich eine Lösung finden lassen. Aber lass uns erst einmal über das andere reden. Wann und wo können wir das?"

„Nicht hier. Wenn Ina das mitbekommt, dann feuert sie mich sofort. Und nicht heute. Ich muss dafür erst einmal etwas organisieren. Vielleicht morgen."

„Gut, dann morgen. Ich warte dann um 17:00 Uhr draußen vor dem Firmeneingang. Ist das in Ordnung?"

„Vielleicht. - Ja."

„Gut ich gehe jetzt. Lass dich nicht unterkriegen."

Damit ging Sven aus dem Büro und zog die Tür hinter sich zu. Maya tat ihm sehr Leid. Auf der anderen Seite war er sehr darauf gespannt zu erfahren, was Maya mit dieser Sache zu tun hatte. Aber würde er überhaupt etwas erfahren? Würde Maya überhaupt zu der Verabredung kommen? Sven musste sich noch gedulden, auch wenn ihm das schwerfiel.

36 Date

Stefan hatte von Göran erfahren, das er Sven Severin ausgefragt hatte. Göran war sich sicher, dass Sven der Verräter war, konnte aber nichts dazu sagen, ob Sven alleine gehandelt hatte und was sein Motiv war. Deshalb hatte er etwas vorgeschlagen, was Stefan zwar ausführen wollte, das er aber überhaupt nicht gut fand. - Widerwillig rief er Ina an.

„Hallo Ina, hier ist Stefan. Kannst du mir einen großen, aber auch eigenartigen Gefallen tun? Es ist sehr wichtig."

„Das hängt davon ab, was es ist."

„Kennst du unseren IT-Administrator Sven Severin?"

„Kennen ist der falsche Ausdruck, aber ich habe ihn schon gesehen."

„Kannst du mit ihm ein Date machen?"

„Ich soll was?", brüllte Ina ins Telefon.

„Mit ihm Essen gehen und ihn dabei geschickt ausfragen, was er über den Geheimnisverrat weiß. Wenn du das für mich machst, soll es auch nicht dein Schaden sein."

Ina dachte kurz nach. Sven sah überaus attraktiv aus und ein neuer guter Kontakt in der Firma wäre ihr auch von Nutzen. Und wenn bei Stefan auch noch etwas herausспränge? Warum also nicht? Aber sie wollte es Stefan nicht so einfach machen.

„Aber ich würde doch viel lieber mit dir essen gehen."

„Das machen wir auch noch. Großes Ehrenwort. Und diese Angelegenheit ist überaus wichtig."

„Wenn es dann sein muss."

Dann begann Stefan Ina zu erzählen, was für sie noch interessant sein könnte.

x x x
x x x

„Kling."

„Prost."

„Auf uns." - Dabei lächelte Ina Sven an. Sie freute sich, denn Sven war sofort auf ihre vorsichtige Anfrage angesprungen und hatte sich mit ihr zum Essen verabredet. Jetzt hatte sie sicher ein leichtes Spiel wenn sie ihn ausfragen wollte. Und außerdem sah Sven gut und sexy aus; er hatte einen sportlichen Körperbau und war nicht so *leicht übergewichtig* wie Stefan.

„Ja, auf uns", sagte Stefan. Zwar war Ina absolut nicht sein Typ, doch er war sofort darauf eingegangen, als sich im Gespräch mit Ina die Möglichkeit ergab, sie zum Essen einzuladen. Das war eine gute Gelegenheit, sie über Stefan auszufragen. Denn selbst Sven hatte inzwischen mitbekommen, dass Ina ihren neuen Job wohl Stefan verdankte. ‚Verdankte' war hier sicherlich eine sehr artige Beschreibung. Und außerdem könnte er vorsichtig versuchen, bei Ina ein gutes Wort für Maya einzulegen.

Beide schauten sich verlegen an. Sven überlegte schon, ob dieses ein neues Spiel wäre. Aber nach einiger Zeit begann Ina ein Gespräch über nebensächliche Themen der Firma. Doch dann wurde Sven hellhörig.

„Was hältst du eigentlich davon, dass Firmengeheimnisse gestohlen und weitergegeben wurden?", fragte Ina.

„Das ist natürlich schlimm für unsere Firma. Aber noch viel schlimmer finde ich, dass Hans Preuss ermordet wurde." - Sven fand dass dieses eine gute Möglichkeit war, Ina auf den Zahn zu fühlen. Er wollte einmal sehen, wie Ina darauf reagierte.

„Herr Preuss ist doch nicht ermordet worden. Das war ein tragischer Unfall."

„Nein, das war es nicht. Er wahr möglicherweise derjenige gewesen, der die Informationen an eine Zeitung gegeben hat, und dafür ist er offenbar ermordet worden."

„Er hat doch die Kontrolle über sein Auto verloren."

„Nein, er ist von der Straße gedrängt worden."

„Das hast du doch nur erfunden. Wer sollte so etwas tun?"

„Nein, das habe ich nicht erfunden. Ich habe eindeutige Hinweise dafür. Und wer es war, das werde ich auch noch herausbekommen. Vielleicht hat dein Stefan Kleine ja auch etwas damit zu tun."

„Wohl eher Maya!"

„Lass doch die arme Maya außen vor. Du hast ihr doch grundlos mit Abmahnung gedroht!"

Ina sprang wütend auf.

„Mir ist der Appetit vergangen!", rief sie wütend so laut, dass es wohl niemand im Restaurant überhören konnte. - Dann holte sie eilig ihren Mantel und stürmte auf den Ausgang des Restaurants zu.

Sven bemerkte, wie die anderen Gäste ihn anstarrten. Aber das war ihm jetzt auch egal. Allerdings fragte er sich, wie er das nur so vermasseln konnte.

37 | Handlungsbedarf

Stefan saß mit einem Glas sehr teuren Whiskys in seinem Sessel und dachte nach. Ina hatte ihm von dem missglückten Abend mit Sven berichtet. Er musste unwillkürlich grinsen wenn er daran dachte, dass er Ina in dem Glauben gelassen hatte, sie hätte alles vermasselt. Das ergab für ihn eine viel bessere Ausgangsposition. Apropos Position, Stefan fand Ina noch immer ungemein sexy; seine Gedanken schweiften ab.

Dabei war Stefan mit dem, was Ina ihm berichtet hatte, sehr zufrieden. Hatte dieses ganz kurze Streitgespräch zwischen Ina und Sven doch ganz klar gezeigt, dass Sven eine Gefahr darstellte. Stefan musste jetzt unbedingt handeln.

38 | Anschlag

Sven lag an diesem Abend noch lange schlaflos in seinem Bett.

⁂

Sven fuhr mit seinem Auto im Dunkeln in einer verlassenen Gegend. Plötzlich erblickte er im Scheinwerferlicht ein parkendes Auto auf der Straße. Er trat mit aller Kraft auf die Bremse. Sein Auto wurde zwar langsamer aber es begann zu schleudern und traf dann einen Baum. Sven vernahm, wie die Glasscheiben beim Aufprall zersplitterten. Kurz danach fing die Hupe an zu tröten. Es war aber nicht das normale Hupen, sondern ein hohes Fiepen.

Dann sah Sven, dass Flammen aus der Motorhaube schlugen. Sie wurden größer und größer und erfassten schließlich den ganzen Wagen. Sven versuchte die Tür zu öffnen, aber sie klemmte. Er hämmerte gegen die Tür, aber nichts geschah. Dafür würde der Rauch im Wagen immer dichter und er hatte Atembeschwerden. Sven schrie.

Dann wachte Sven schreiend auf. Gott sei Dank hatte er alles nur geträumt. Alles nur geträumt? Da war doch dieses hohe fiepen der Hupe zu hören, und roch es nicht intensiv nach Rauch? Träumte er noch oder war er wach? - So langsam dämmerte es Sven. Nein, es war kein Traum und es roch stark nach Rauch, und das hohe Fiepen musste ein ausgelöster Rauchmelder sein.

Sven sprang aus dem Bett und rannte in den Flur. Der laute Ton schien aus dem Wohnzimmer zu kommen. Er öffnete die Tür und erschrak. Im Wohnzimmer brannte es lichterloh. Schnell schloss er die Tür wieder.

„Raus! Raus!"

Das war Svens einziger Gedanke. Und so lief er den Flur entlang ins Treppenhaus. Als er an der Außentür angekommen war, blieb er abrupt stehen. Die Nachbarn – ja er musste die Nachbarn warnen.

„Feuer! Feuer!"

Sven schrie aus Leibeskräften, rannte dabei die Treppe hoch und klingelte an allen Türen. Dann rannte er die Treppe wieder runter.

„Feuer! Feuer!"

Eine Nachbarin, die eine Tür geöffnet hatte, schaute ihn voller Entsetzen an, als er sie aus nur wenigen Zentimetern Entfernung mit voller Lautstärke anschrie. Dieser eigenartige Blick ernüchterte Sven wieder.

※

Sven brachte lange Zeit in der Polizeiwache zu. Aber wenigstens hatte schon die Feuerwehr ihm eine Decke gegeben, denn im Spätherbst im Pyjama auf der Straße zu stehen, ist nicht so erquickend. In der Wache hatte man ihm Kaffee angeboten, den er gierig getrunken hatte, auch wenn er eingefleischter Teetrinker war.

Was eigenartig war, und weshalb er so lange hier auf der Wache verbringen musste, war, dass jemand an die Hauswand 'Ausländer weg' gesprayt hatte. Aber auch Sven konnte sich das nicht erklären. Zwar stammte seine Mutter aus Polen, aber das wusste niemand und auch ansonsten wohnten im Haus keine offensichtlichen Ausländer.

39 Dinner

„Kling."

Dasselbe Geräusch, dasselbe Restaurant. Doch dieses Mal war alles anders. Das ‚Kling' kam nicht vom Anstoßen, sondern von einer ungeschickten Bewegung, so dass das Messer gegen ein Glas stieß. Und Sven saß nicht Ina gegenüber, sondern Maya, die ängstlich aussah. Aber Sven war froh, dass sie sich überhaupt mit ihm getroffen hatte.

„Schön dass wir einmal miteinander reden können", begann Sven. „Ich stecke nämlich in einer sehr schwierigen Lage. Und dabei hätte ich das Ganze überhaupt nicht nötig gehabt. Wenn man es so betrachtet, dann bin ich auch noch selber Schuld daran."

Es entstand eine kleine Pause und da Maya nichts sagte, begann Sven alles zu erzählen, wie Nils ihn angesprochen hatte, wie er mit dem Auto von der Straße gedrängt worden war, und wie seine Wohnung gebrannt hatte.

„Die Polizei geht von einem Brandanschlag aus, es deutet vieles auf einem Molotowcocktail hin. Dazu passt auch die ausländerfeindliche Parole an der Wand. - Ich glaube allerdings, dass dieses der zweite Versuch war mich zu ermorden und die Parole nur zur Ablenkung diente."

„Das ist ja alles fürchterlich", sagte Maya ganz betroffen.

„Ja, und besonders schlimm ist, dass ich erst einmal nicht mehr in meine Wohnung kann. Bei dem Brand sind giftige Stoffe entstanden und die müssen erst mit einer speziellen Reinigung entfernt werden. Ich durfte nur ein paar Sachen aus der Wohnung holen und bin jetzt in einem kleinen Hotel untergebracht."

Maya sah Sven eine Zeitlang stumm an.

„Du kannst vorübergehend bei mir wohnen. Natürlich nur, wenn du es möchtest. Du könntest das Kinderzimmer haben und Annalena würde bei mir schlafen. Das macht sie sowieso viel lieber. Allerdings kommen meine Eltern häufig vorbei, weil sie sich um Annalena kümmern, wenn ich arbeite. Wenn dich das nicht stört, dann könntest du das teure Hotelzimmer sparen."

Sven war mehr wie baff von diesem Angebot. Dass diese unnahbare Maya ihm anbieten würde bei ihr zu wohnen, dass war das Letzte was er erwartet hatte.

„Wenn das wirklich möglich ist, dann nehme ich gerne an."

Maya nickte. Allerdings war sich Sven nicht sicher, wie er Mayas Gesichtsausdruck deuten sollte. Er sah darin eher Angst als Freude. Außerdem gingen ihm eines durch den Kopf: Maya hatte eine Tochter, dabei war sie doch selber kaum erwachsen. Hatte das mit ihrer Unnahbarkeit zu tun? Warum hatte sie ihm dieses Angebot gemacht? Welche Rolle spielten ihre Eltern? - Viele weitere Fragen brannten ihm auf der Zunge, doch Sven hielt sich zurück. Dieses war mit Sicherheit der schlechteste Augenblick um in Mayas Geheimnisse einzudringen.

Der weitere Abend verlief eher mit Smalltalk, denn Sven hatte Angst, in irgendein Fettnäpfchen zu treten. Schließlich verabredeten sie, dass Maya Sven am nächsten Morgen mit dem Auto vom Hotel abholen wollte, und Sven seine Sachen dann in ihr Auto laden würde. Sven hatte ja leider nur noch einen Schrotthaufen von Auto. - Er war sehr gespannt, wie sich die Sache entwickeln würde.

40 Vorfreude

„Das mit Stefan entwickelt sich gut", dachte Ina. „Allerdings ist es schade, dass es nicht zusätzlich mit diesem Idioten Sven geklappt hat, der hatte einen tollen athletischen Körperbau..."

Obwohl Ina erst wenige Tage in der Firma war, war sie inzwischen gut eingeführt und war mit den meisten Leitern per Du. Stefan hatte das ganz geschickt eingefädelt. Er hatte jeden Mittag ein oder zwei Führungskräfte zum Mittagessen in ein teures Restaurant eingeladen und Ina war stets dabei gewesen. So war sie inzwischen überall gut eingeführt worden und konnte außerdem den mittäglichen Luxus genießen. - Ja, das Leben war schön. Allerdings wollte sie Stefan noch ein bisschen zappeln lassen, bevor sie ihm **den** Wunsch erfüllte, der gierig in seinen Augen stand.

Was allerdings diese allgemeine Harmonie störte, war ihre Abhängigkeit von dieser blöden Gans Maya. Ohne Fachwissen war sie Maya mehr oder weniger ausgeliefert, und sie hatte das Gefühl, dass die Ablehnung beidseitig war und Maya ihr irgendwann ans Bein pinkeln würde. Das machte ihr Angst. - Ina wusste zwar nicht wie, aber das musste sich schleunigst ändern.

Jetzt verdrängte Ina erst einmal die schwarzen Gedanken, denn es war kurz vor Mittag und sie wollte sich lieber auf das schöne Essen freuen.

41 Ehrlichkeit

Auch Sven freute sich auf das schöne Essen. Er wohnte jetzt schon seit einigen Tagen bei Maya und ihrer Tochter, und Maya kochte für Sven mit. Und Sven mochte auch die Abende mit Maya nicht missen. Zuerst sprachen sie nur über die Firma und die Ereignisse um Hans Preuss Tod. Aber Sven konnte ein geduldiger Zuhörer sein, und so öffnete sich Maya und erzählte nach und nach ihre Lebensgeschichte.

Maya war die Tochter eines Beerdigungsunternehmers und so verwunderte es auch nicht, dass sie schon als Kind überall auf Ablehnung stieß und gemieden wurde. Sie konnte das kaum verstehen, denn irgendwer muss schließlich die Toten unter die Erde bringen. Warum wurde man verachtet, wenn man sich aufopferte um dieses zu tun?

Mit 17 Jahren lerne Maya dann einen sehr attraktiven wohlhabenden jungen Mann kennen, der keinerlei Ablehnung gegen den Beruf ihres Vaters zu haben schien. Sie verliebten sich, heirateten kurz darauf und bekamen ein Kind, ihre Tochter Annalena.

Sven konnte sich noch genau erinnern, wie Maya gestern nach zwei Gläsern Wein unter sichtlichen Emotionen den Rest der Geschichte erzählte: „Wir hatten am Anfang eine wundervolle Zeit", begann Sie. „Wir verreisten viel und genossen das Leben. Mein Mann kam sehr gut mit meinen Eltern zurecht und mein Vater überlegte schon, ob mein Mann vielleicht eines Tages die Firma übernehmen könnte.

Ein großer Beerdigungsunternehmer muss nicht mehr alle Arbeiten selber durchführen, wenn du verstehst, was ich meine."

Sven nickte schweigend. „Und dann ging die Zeit eines Tages zu Ende?"

„So kann man es auch nennen." Maya Trank noch einen Schluck Wein. „ Mein Mann hatte mich gebeten, ein Päckchen zu einem Freund zu bringen. Ich kann mich noch ganz genau daran erinnern. Es war ein perfekter Sommertag und ich hatte gute Laune. Doch plötzlich wurden meine Arme von einer Polizistin in Zivil nach hinten gerissen und ein zweiter Polizist zielte mit einer Pistole auf mich. Es war alles nur schrecklich."

Maya verbarg ihr Gesicht in ihren Händen. Es dauerte eine Weile bevor sie weitersprechen konnte.

„Dieses Päckchen, was ich in der Handtasche hatte, war Rauschgift. Und es kam noch viel schlimmer: bei den Ermittlungen stellte sich heraus, dass mein damaliger Mann in Särgen, die aus dem Ausland überführt wurden, Rauschgift transportiert hatte. Ich, das heißt, wir sind nur missbraucht worden."

Dann erzählte Maya noch, dass sie irgendwann beschlossen hatte, einen völligen Neuanfang zu versuchen und alles, was mit ihrer Vergangenheit zu tun hatte, zu verbergen. Deshalb sollte auch möglichst niemand von ihrer Tochter etwas wissen. Am Ende begann Maya zu weinen. - Sven fasste ihre Hand und drückte sie leicht. So saßen sie schweigend eine ganze Weile.

Auch heute saßen sie wieder zusammen. Weil Maya gestern so offen gewesen war, wollte Sven es wagen und ein Thema ansprechen, was ihm auf dem Herzen lag. Zuerst sprach noch allgemein über Hans und die anonymen Informationen für die Zeitung, bevor er sehr direkt wurde.

„Maya, wir waren bisher zueinander offen und ehrlich gewesen und ich hoffe, dass du bemerkt hast, dass ich dir nichts Böses will."

Maya nickte und sah ihn ängstlich an. Sie ahnte, dass auf diesen Satz nur etwas Heikles folgen konnte. Sven war sich dieser Tatsache bewusst und es viel ihm schwer zu frage, was er fragen wollte. So schluckte er noch einmal und zwang sich.

„Hast du irgendetwas mit den Informationen an die Zeitung zu tun?"

„Wie kommst du darauf?"

„Zum einen deine eigenartige Reaktion vor einigen Tagen auf dem Flur. Und zum anderen, sagt mir mein Herz das. Entschuldige diese Unsachlichkeit, aber ich bin mir sicher, dass du eine solche Schweinerei nicht decken würdest."

Maya schaute auf dem Boden und nickte. Und dann begann sie zu erzählen, wie sie nach Svens Besuch in ihrem Labor über die vorgelegten Dokumente verwundert war und sie wie danach recherchiert hatte und darauf gekommen war, dass das Antibiotikum Maximycin sehr gefährlich war, und wie das mit einer Namensänderung und einer zweiten Studie verschleiert worden war. Dann erzählte sie noch von der Kuckucksuhr und ihrem Entschluss nicht tatenlos zuzuschauen.

Sven fasste wieder ihre Hand und wieder saßen sie sich lange Zeit schweigend gegenüber bevor sie jeweils schlafen gingen.

42 Abwägung

Nils war hin- und hergerissen. Er war sich nicht sicher, ob er es wagen sollte, die Erkenntnisse über Sanophil zu veröffentlichen. Auf der einen Seite hatte er viel Geld und Zeit investiert um das Ganze zu untermauern. So hatte er über entsprechende Detekteien versucht, Informationen über die Untersuchungszentren in Indien und China zu erlangen. Dadurch hatte er zwar starke Indizien erhalten, aber keine absoluten Beweise. Auf der anderen Seite würde Sanophil bei einer Veröffentlichung irgendwie auf eine solche Anschuldigung reagieren. Vermutlich würden sie ihre Rechtsanwälte auf ihn hetzen.

Aber Nils wollte das Risiko eingehen. Eine solche Schweinerei musste offengelegt werden; und schließlich ging es dabei auch um Menschenleben. Und zum anderen war das eine gute Gelegenheit die Zeitung wieder in aller Munde zu bringen, was letztlich Einnahmen brachte und so das unabhängige Überleben dieser Zeitung sicherte. - Ja, er wollte es tun; er *musste* es tun! Morgen würde man die Reaktion darauf sehen.

43 | Veröffentlichung

„Scheiße!", schrie Stefan.

Göran sah aus ungefähr einem Meter Entfernung scheinbar emotionslos zu, wie Stefan wütend mit der Zeitung auf den Schreibtisch schlug. Er fragte sich, was denn das Papier dafür könne.

„Ich habe es gewusst, dass diese Schmierenschreiber keine Rücksicht auf irgendetwas oder irgendjemanden nehmen. Hauptsache der Profit stimmt."

Göran hatte den Artikel über Sanophil kurz zuvor in der lokalen Zeitung gelesen und war daraufhin sofort zu Stefan geeilt. „Ich finde den Artikel noch recht moderat", sagte Göran schließlich.

„Was heißt moderat? Reicht es nicht, wenn gefragt wird, ob wir aus Profitgier Menschenleben gefährden? Ich fürchte, dass wir Maximycin aus dem Markt nehmen müssen. Weißt du überhaupt, was das für unsere Bilanz und somit für meinen Bonus bedeutet?"

„Ja, dein Bonus. Nun könnte der Traum vom eigenen Flugzeug aus sein."

„Noch nicht!", sagte Stefan entschlossen. Dann nahm er das Telefon um den Notfallplan zu aktivieren, den er schon vor einiger Zeit ausgearbeitet hatte. Es hatte lange gedauert, bis die Zeitung diesen Artikel veröffentlicht hatte und

Stefan hatte sogar gehofft, dass dieses Thema ganz in der Versenkung verschwinden würde. Das war zwar nichts, aber immerhin hatte er genügend Zeit gehabt, sich auf eine Veröffentlichung vorzubereiten.

Juristisch konnte man Sanophil, und insbesondere ihm, wohl nichts anhaben. Das hatte ihm jedenfalls die juristische Abteilung erklärt. Die Studien und Gutachten über die Verträglichkeit der Medikamente waren nach den gültigen Bestimmungen durchgeführt, beziehungsweise erstellt worden. Und nach dem ersten Fehlschlag hatte man das Medikament schließlich abgewandelt. - Von den verdeckten Zahlungen, die an das Institut und die Verwaltung in China gegangen waren, konnte niemand etwas erfahren. Das war alles perfekt getarnt worden.

Aber es war zu befürchten, dass das Bundesinstitut für Arzneimittel und Medizinprodukte aufgrund des Zeitungsartikels von dem erhöhten Risiko des Medikamentes Wind bekäme und es vom Markt nähme. Und das würde dann die Bilanz von Sanophil gehörig verhageln.

Stefan begann verschiedene Telefonate zu führen. Schließlich rief er auch Ina an und überredete sie, ihre Beziehungen zur Zeitung zu nutzen, damit von ihm vorbereitete Leserbriefe veröffentlicht würden. Darin berichteten Patienten nur Gutes über Maximycin und konnten den ganzen Rummel über das angebliche Risiko nicht verstehen. In einem Leserbrief wurde sogar vermutet, dass die Konkurrenz Sanophil schaden wollte.

Göran stand die ganze Zeit neben Stefan und sah und hörte stumm zu.

44 Angriff

„Waaaaas? Du wagst noch zu fragen?", schrie Ina Maya an.

Maya wusste nicht, wie ihr geschah. "Ich? - Was habe ich denn getan, dass sie mich so anmachen?"

Maya verstand die Welt nicht mehr. Ina war sichtlich schlechtgelaunt ins Büro gekommen. Und als Maya sie gefragt hatte, ob sie den Artikel über Sanophil schon in der Zeitung gelesen habe, da war Ina scheinbar grundlos explodiert.

"Das fragst du noch? Wo du doch damit zu tun hast, dass diese schändlichen Lügen in der Zeitung gedruckt wurden. Wer sonst konnte denn noch auf diese Unterlagen zugreifen?"

Maya war erschrocken. Wusste außer Sven noch jemand, dass sie die Informationen an der Zeitung geschickt hatte? Ihre Gedanken überschlugen sich. Nein, das war nicht möglich und Sven konnte sie Vertrauen. War alles vielleicht nur ein Bluff?

"Sie zum Beispiel."

Maya wunderte sich, wie kühl sie das gesagt hatte. Dabei schlug ihr Herz so heftig, dass sie meinte, ihr Körper müsse gleich explodieren.

"Als ob ich so etwas tun würde. - Und außerdem bist du eine Schlampe", fauchte Ina sie an.

Maya wusste nicht, wie ihr geschah. "Ich?"

"Ich habe doch letztens auf dem Gang gesehen, wie du dich im Flur Sven Severin um den Hals geworfen hast."

"Aber das war doch ganz anders."

"Das sagen alle Schlampen. Und als nächstes wirst du mir noch erzählen, dass du noch Jungfrau bist."

Eigentlich wollte Maya einen Gegenangriff starten und auf das inzwischen offensichtliche Verhältnis zwischen Ina und Stefan anspielen, aber die Kraft verließ sie. - Sie schaute Ina mit offenem Mund an und Tränen liefen ihre Wangen hinunter.

45 | Trost

Nachdem Ina schon lange gegangen war und Maya sich etwas gefasst hatte, ging sie zu Sven um sich bei ihm auszuweinen. Sven hörte ihr geduldig zu und beruhigte sie dann.

"Maya, nimm dir das Ganze nicht so zu Herzen. Ina ist einfach eine dumme Gans. - Ich glaube nicht, dass man dir nachweisen kann, dass du die Informationen zur Zeitung geschickt hast und ein Verdacht reicht nicht aus. Und Zeitungen schützen ihre Informanten. Solange du nichts zugibst, bist du sicher. Glaube mir."

"Aber was passiert, wenn man mir trotzdem aus irgendeinem anderen Grund kündigt? Wie soll ich meine Tochter dann ernähren? Es wird nicht leicht sein, in der Nähe einen neuen Arbeitsplatz zu finden?"

"Ersten werde ich euch dann helfen und zweitens kann man notfalls auch von Harz IV leben."

Stefan sah Maya an. Er war sich zwar sicher, dass Maya ihm vertraute, er war sich aber nicht sicher, ob Maya dieses auch beruhigte.

"Ich sehe aber ein ganz anderes Problem", fuhr Sven nach einer Weile fort. "Ich war letztens auf der Versammlung der Führungskräfte und da hat Stefan bekannt gegeben, dass er sich von den Antibiotika trennen will. Diese, sagen wir einmal Krise, könnte ihm dazu in die Hände spielen.

Jetzt sind betriebsbedingte Kündigungen wohl ohne großen Widerstand möglich."

Maya sah ihn ängstlich an. "Du meinst, dass mein Job sowieso unsicher ist?"

"Leider ja. Aber denke daran, ich werde euch helfen."

"Danke, aber wie soll ich mit Ina weiter zurechtkommen? Das geht doch nicht mehr."

"Beschwere dich über sie. Berichte wahrheitsgetreu, was sich zugetragen hat. Mehr wie rauswerfen können sie dich sowieso nicht."

"Ja, das werde ich machen", sagte Maya nach einer Weile entschlossen.

46 Beschwerde

"Das werden sie noch bereuen!", rief Maya zurück als sie aus Stefans Büro in den Flur hastete.

Göran kam gerade den Gang entlang und sah die Szene. Kurzentschlossen änderte er seinen Weg und ging in Stefans Büro.

"Hallo Stefan, du siehst verärgert aus."

"Jeden Tag gibt es neuen Ärger. Ina und diese Maya Dingsbums haben sich wohl gegenseitig angezickt."

"Und was hast du damit zu tun?"

"Eigentlich nichts."

"Außer, dass du scharf auf Ina bist. Sie hat ja auch eine sexy Figur."

"Nun fang du nicht auch noch damit an."

"Na gut, ich ziehe die letzte Bemerkung zurück. Aber warum war Maya Mötel denn so wütend?"

"Weil ich ihr erklärt habe, dass ich weder Ina noch ihr zu kündigen brauche. Denn die ganze Abteilung wird sowieso geschlossen."

"Das war aber taktisch unklug. Diese Information ist doch noch streng vertraulich."

"Ach zum Teufel. Ich darf doch auch einmal wütend werden und dabei einen kleinen Fehler machen."

"Schon gut. Dann musst du das jetzt möglichst bald allgemein kommunizieren. Ist denn mit dem Betriebsrat alles unter Dach und Fach?"

"Natürlich. Hat mich allerdings eine Menge Geld gekostet."

Dann sah Stefan Göran grinsend an.

"Im Grunde genommen war dieser Zeitungsartikel ein Glücksfall. Jetzt wo wir das Antibiotika wahrscheinlich vom Markt nehmen müssen und in diesem Marktsegment völlig diskreditiert sind, lässt sich die Antibiotika Forschung ja leider nicht mehr aufrechterhalten. Deshalb hat der Betriebsrat auch nur wenig Widerstand bezüglich der Schließung dieser Abteilung geleistet."

"Du konntest Situationen ja schon immer in den buntesten Farben schwarz malen. Und ein Schlitzohr warst du ja auch schon immer."

×[×]×

Maya eilte zu Svens Büro. Sven wartete gespannt.

"Na, Maya, wie ist es gelaufen?"

"Schlecht. Dieses Arschloch hat sich die Beschuldigungen kaum angehört und dann hat er Ina auch noch verteidigt.

Du hattest in allem Recht. Er ist offenbar scharf auf Ina und er will unsere Abteilung schließen."

"Hat er das gesagt?"

"Das letztere ja. Und damit wäre er auch das Problem zwischen Ina und mir los."

Sven nahm Maya in den Arm.

"Nun beruhige dich erst einmal und dann sehen wir weiter."

Maya begann zu weinen. Sven drückte sie an sich.

"Stefan will sich also wirklich so schnell wie möglich von der Entwicklung von Antibiotika trennen", sprach Sven mehr zu sich selbst als zu Maya.

"Ja, du hast mit deiner Befürchtung völlig Recht gehabt", schluchzte Maya.

"Aber eines verstehe ich nicht. Bisher bin ich fest davon ausgegangen, dass Stefan für den Mord an Hans Preuss und den beiden Mordversuche an mich verantwortlich wäre. Wenn ihm dieser Zeitungsartikel aber im Grunde genommen hilft, warum denn der Mord? Was sollte damit geschützt werden?"

"Vielleicht hat er seine Strategie inzwischen geändert?"

"Mag sein."

Trotzdem blieb es merkwürdig.

47 Wutanfall

"Scheiße, Scheiße und nochmals Scheiße!", schrie Stefan und schlug dabei mit der Faust heftig auf den Tisch, was er in der nächsten Sekunde wieder bereute. Denn er hatte starke Schmerzen in seiner rechten Hand.

Göran sah ihn verwundert an. "Was ist denn jetzt schon wieder los?"

"Heute geht alles schief. Erst macht mich diese Maya Dingsbums an und wenig später kommt Ina und zickt mich an. Und Ina war wirklich sauer."

"Und du willst sie bumsen?"

"Sie gefällt mir. Na gut, und ich bin als Mann auch schon wieder unter Druck."

"Dann lade sie zum Versöhnungsessen ein. Und danach ...."

Stefan sah Göran eine Weile schweigend an.

"Das ist aber noch nicht alles."

"Wusste ich doch, dass dir etwas anderes auf der Seele liegt. Dazu kenne ich dich schon zu lange"

"Mein Fluglehrer hat mir eine SMS geschickt, dass mein Überlandalleinflug morgen wohl ausfällt."

"Dein was? Und ist das so schlimm?"

"Schon, weil ich danach zur Prüfung angemeldet werden kann und dann endlich meine Fluglizenz erhalte. Bei dem Flug muss ich alleine rund 300 Km fliegen und auf zwei anderen Flugplätzen landen."

"Ganz alleine, also ohne Fluglehrer?"

"Ja. Beim Fliegen ist anders als beim Autofahren, wo der Fahrlehrer immer neben dir sitzt."

"Und wo ist jetzt das Problem?"

"Dieter, also mein Fluglehrer, meint, dass morgen das Wetter zu schlecht sein könnte. Er will nicht riskieren, mich alleine los zu lassen."

"Soll das Wetter denn so schlecht sein?"

"Eigentlich nicht. Aber Dieter ist manchmal übervorsichtig, ja, ich möchte sagen ängstlich. Und dabei ist er doch Fluglehrer."

Ungefragt ging Göran zur Schrankwand an der linken Seite des Büros, öffnete zielstrebig eine Tür und zog eine Whiskyflasche und zwei Gläser heraus. Dann goss er beide randvoll und reichte eines davon Stefan.

"Hier trink erst einmal einen Schluck."

Je länger Stefan mit Göran sprach, und je öfter Göran nachfüllte, umso besser wurde seine Stimmung. Am Ende war es ihm egal, ob das mit Ina klappte oder nicht. Schließlich gab es auf der Welt Millionen von hübschen Frauen und viele davon waren sicherlich einfacher zu haben als diese doofe Pute.

Und eigentlich bezahlte er ja auch den Fluglehrer. Da könnte dieser auch ein bisschen entgegenkommender sein. So beschloss Stefan ihm eine SMS zu senden um anzufragen, ob man morgen nicht noch einmal nach dem Wetter schauen könne und der Flug dann gegebenenfalls doch noch stattfinden könnte. - War Stefans Motto nicht 'man hat keinen Stress - man macht sich nur welchen'?

48 | Alleinflug

"Über den Wolken, muss die Freiheit doch grenzenlos sein", sang Stefan leise vor sich hin. Er hatte gute Laune. Schließlich hatte er seinen Fluglehrer doch noch überreden können und saß jetzt alleine am Steuer der Cessna 172. Die Wolken waren zwar mit 1500 Fuß relativ niedrig, aber die Sichten waren gut. So war er jetzt auf dem Weg zu seinem ersten Zwischenstopp, dem Flugplatz Rendsburg-Schachtholm.

Obwohl während der Ausbildung nur nach der Karte geflogen werden durfte, hatte er auf seinem Handy die Sichtflug App gestartet und verfolgte dort den Kurs. Eigentlich konnte jetzt nichts mehr schiefgehen. Wenn nicht gerade der Motor stehen blieb oder er eine Bruchlandung hinlegte, dann hätte er heute Nachmittag den amtlichen Überlandflug erledigt und konnte zur praktischen Prüfung angemeldet werden. Und eine Bruchlandung würde er heute ganz bestimmt nicht machen.

"Da ist die Autobahn", sprach Stefan zu sich selbst. Alles war bestens. - Doch plötzlich bemerkte er, wie vor ihm ein dünner gräulicher Schleier in der Luft war. Noch bevor er genau analysiert hatte, was das eigentlich war, trafen vereinzelte Nieselregen Tropfen auf die Cockpitscheibe.

"Aha", dachte Stefan, "das ist es also."

Die Sicht war jetzt zwar etwas schlechter, aber er sah immer noch die Grube von Lägerdorf vor sich.

"Kein Grund zu Panik."

Trotzdem bekam Stefan allerdings langsam ein flaues Gefühl in der Magengegend. Die Sicht wurde zusehends weiter schlechter. Wenn er nach vorne aus dem Cockpit schaute, dann sah er nur noch ein kleines Stück der Landschaft direkt vor sich und ansonsten Grau. Außerdem wusste Stefan bei den Feldern und Wäldern nicht mehr so genau, wo er sich befand. Gerade flog er über eine größere Landstraße, aber er konnte diese auf seiner Flugkarte nicht zuordnen. Allerdings sah er das noch nicht ganz so tragisch, da er noch sein GPS hatte, und darauf konnte er sich schließlich verlassen. Er brauchte nur der Linie dort zu folgen.

Das Stück vom Boden, das Stefan vor sich noch erkennen konnte, wurde kleiner und kleiner. Und schließlich musste er zum Seitenfenster herausschauen um überhaupt noch etwas von der Landschaft zu erkennen.

"Scheiße", fluchte er. "Du bist zu hoch." Sein Höhenmesser zeigte 1700 Fuß an.

"Du fliegt ja in die Wolken."

Also nahm Stefan etwas Gas weg und das Flugzeug begann zu sinken. Aber die Sicht wurde nicht viel besser. Ganz im Gegenteil, jetzt zogen dünne Wolkenfetzen unter ihm durch.

"Scheiße!" Stefan erschrak, als er auf den künstlichen Horizont schaute. Seine Nase war viel zu niedrig und der Horizont schief. Also zog er etwas am Steuersegment und drehte es nach links. Aber was war das? Die Geschwindigkeit war jetzt viel zu niedrig. - Also schob er das Gas rein. Währenddessen zeigte der künstliche Horizont eine Schräglage in die andere Richtung an.

Stefan schwitzte inzwischen fürchterlich. Immer wenn er etwas korrigierte, veränderten sich Geschwindigkeit, Höhe oder Schräglage. Und auf Kurs war er schon lange nicht mehr.

"Umdrehen, umdrehen!"

Er erinnerte sich daran, dass Dieter immer gepredigt hatte, dass man bei einer Wetterverschlechterung rechtzeitig umdrehen sollte. Denn wo man herkam war das Wetter ja besser gewesen. - Also begann Stefan eine Linkskurve, wobei er versuchte Höhe und Geschwindigkeit zu halten.

* * *

Dieter wurde immer ungeduldiger. Eigentlich hätte Stefan sich bei ihm schon lange gemeldet haben sollen. Er hatte ihn doch klar gebeten, dass er sich nach seiner ersten Landung in Rendsburg-Schachtholm per Handy bei ihm melden sollte. Dieter bezahlte seine Kaffee im Flugplatzrestaurant, ging hinaus und zum Tower. Dort stieg er die Treppen zur Flugaufsicht hoch. Monika hatte heute Dienst.

Anstatt des üblichen Schwätzchens kam er gleich zur Sache und schilderte sein Problem. Monika teilte seine Sorge. Sie griff zum Funkgerät und versuchte Stefan mit seinem Flugzeugkennzeichen anzufunken. Es kam aber keine Antwort. Das war nicht ungewöhnlich, weil er entweder sein Funkgerät auf eine andere Frequenz umgeschaltet haben könnte oder die Reichweite der Funkgeräte nicht ausreichte. Also griff Monika zum Telefon und rief die Flugleitung in Rendsburg-Schachtholm an.

"Negativ", sagte sie nach einer Weile zu Dieter und schüttelte zur Untermauerung noch den Kopf. "Rendsburg hat von ihm nichts gehört und kann ihn auch über Funk nicht erreichen."

Dann telefonierte sie weiter und rief alle Flugplätze in der Nähe und auf der geplante Flugroute von Stefan an. Aber jedes Mal schüttelte sie nur mit dem Kopf.

Dieter hatte inzwischen Bauchschmerzen. Das hatte er öfters, wenn er unter Stress stand. Das war auch der Grund gewesen, warum er vor zwei Jahren seinen stressigen Job als Projektleiter aufgegeben hatte und nun Vollzeit-Fluglehrer geworden war.

"Scheiße", sagte Dieter, "irgendwo muss er doch sein."

"Ich rufe noch einmal in Bremen an. Es ist zwar unwahrscheinlich, aber vielleicht wissen die Fluglotsen vom FIS etwas."

Während Monika telefonierte, starrte Dieter aus den Tower Fenstern, als ob er Stefans Maschine am Himmel suchte. Monika schüttelte wieder den Kopf.

"Auch die haben überhaupt nichts von ihm gehört."

"Aber irgendwo muss er doch sein."

Monika sah ihn an, aber sagte nichts. So standen sich beide lange still gegenüber. Dann klingelte plötzlich das Telefon. Monika griff sofort zum Hörer.

"Luftaufsicht Uetersen, Monika Reibach, guten Tag. - Ja, genau. Die ist von uns."

Es gab eine größere Pause bevor Monika weiter sprach. Währenddessen wurde Dieter immer nervöser. Was war denn nun Sache?

"Ja, ich verstehe. - Können sie mir ihre Telefonnummer geben? Der Fluglehrer wird sie dann gleich zurückrufen."

Dann notierte sich Monika eine Telefonnummer, bedankte sich kurz am Telefon und legte auf. Sie nahm den Zettel mit der Nummer und schaute Dieter für einige Sekunden an. Dieter ahnte Schlechtes.

"Das war die Polizei. Stefan ist abgestürzt. Tot."

Dann schob sie Dieter den Zettel stumm rüber.

49 | Erleichterung

Als Sven und Maya am nächsten Tag in die Firma fuhren, wussten sie schon von Stefans Tot. Nils hatte Sven aus der Redaktion angerufen und informiert. Als er von dem Absturz und dem toten Piloten Stefan Kleine erfahren hatte, war es ihm sofort klar, dass es sich um den Chef von Sanophil handeln musste. Nils hatte Sven auch gleich einige Fragen gestellt, um Informationen zu erhalten, die er in seinem Artikel nutzen wollte. Aber weder Sven noch Maya wussten viel über Stefan.

Außerdem berichtete Nils, dass er auch Kommissar Heise anrufen wollte. Denn möglicherweise hingen diese ganzen Unfälle und Anschläge zusammen, und seiner Meinung nach hatte die Polizei in jedem Fall nur einzeln ermittelt. Vielleicht konnten Journalisten auch einmal der Polizei helfen.

Weder Sven noch Maya waren sehr traurig darüber, dass Stefan jetzt tot war. Zwar ist der Tod eines Menschen immer schmerzlich, aber sie kannten ihn eigentlich kaum und beide hatten außerdem nicht nur gute Erfahrungen mit ihm gemacht.

Maya war über Stefans Tot sogar erleichtert. Denn sie war sich ziemlich sicher, dass Stefan direkt oder zumindest indirekt, hinter der Ermordung vom Hans Preuss und den beiden Anschläge auf Sven steckte. Und sie hätte das nächste Opfer werden können. Aber jetzt war das alles, Gott sei Dank, vorbei.

* * *

Sven war verwundert, dass es über einen Tag dauerte, bis es in der Firma bekanntgegeben wurde, dass Stefan tödlich verunglückt war. Das positive Bild von Stefan, das in der entsprechenden Mail geschildert wurde, konnte Sven allerdings nicht nachvollziehen. Aber man soll bekanntlich über Tote nichts Schlechtes sagen.

50 Schrott

"Schade", dachte Sven, "dass meine Wohnung bald fertig ist."

Die Handwerker hatten sehr schnell gearbeitet. Das Fenster war repariert worden und die Zimmer entgiftet und neu gestrichen. Es fehlten nur einige neue Möbel. Also war bald Zeit, bei Maya auszuziehen, und das stimmte Sven traurig. Sie, und das waren sowohl Maya als auch ihre Tochter, hatten eine schöne Zeit zusammen.

Jetzt verdrängte Sven erst einmal dieses Thema, denn er wollte sich lieber aufs Autofahren konzentrieren. Da sein Auto Schrott war, und er noch kein neues hatte, hatte Maya ihm sofort ihres geliehen. Und die Bedienung war ziemlich ungewohnt für ihn.

Sven fuhr weiter durch die Vierlanden. Irgendwie erinnerte ihn die Fahrt an die Unglücksfahrt vom Gasthof Oortkaten. Es war heute zwar früher als damals, aber genauso dunkel und genauso ein Nieselregen. Er hatte vor drei Wochen wirklich Glück gehabt, dass er bei dem Anschlag nur leicht verletzt worden war. Sollte er damals nur abgeschreckt werden oder gar ermordet werden? Um einen Unfall dürfte es sich aber auf keinen Fall gehandelt haben. Doch vermutlich würde das niemals geklärt werden.

Instinktiv schaute Sven in den Rückspiegel, ob er verfolgt würde. Und tatsächlich führ in einigem Abstand ein Auto hinter ihm her. "Nun mach dich doch nicht verrückt", sagte er zu sich selbst, "das wird nicht wieder passieren."

Als er nach einem Augenblick wieder in den Rückspiegel schaute, waren die Scheinwerfer immer noch da. Nun schaute Sven jede Weile in den Rückspiegel; der andere Wagen schien ihm in konstantem Abstand zu folgen. Und das, obwohl er schon zweimal abgebogen war. So langsam wurde Sven doch nervös. Das steigerte sich noch, als die Gegend einsamer wurde und die Straße leicht erhöht auf einem alten Deich verlief. Und jetzt sah er auch links vorne in der Ferne zwei Scheinwerferlichte, die langsam näher kamen.

"Genau wie damals", dachte Sven jetzt sichtlich nervös. "Wenn die Lichter jetzt wieder auf deine Fahrbahn kommen, was machst du dann?"

Sven ließ die entgegenkommenden Scheinwerfer jetzt keinen Moment aus den Augen. Irrte er sich, oder bewegten sich die näher kommenden Lichter nach rechts? - Ganz eindeutig nach rechts!

"Scheiße!"

"Uuuiiiiih." Das war das typische Geräusch der blockierten Räder als Sven voll auf die Bremse trat. Er hatte Mühe, den schleudernden Wagen unter Kontrolle zu halten. Gleichzeitig hörte er ein zweites, leiseres 'Uuuiiiiih' und kurz danach lautes wütendes Hupen.

Als der Wagen endlich stand, sah Sven, wie das entgegenkommende Auto auf der anderen Fahrbahn vorbeifuhr. Völlig fertig sackte er in sich zusammen um Sekunden später wieder zu erschrecken, als die Fahrertür von außen aufgerissen wurde.

"Sie Idiot! Sie können doch hier nicht einfach eine Vollbremsung machen", schrie ein grimmiges Gesicht ihn an. "Ich wäre um ein Haar aufgefahren. Und meine Reifen habe ich dabei auch abrasiert. Was haben sie sich denn eigentlich dabei gedacht?"

"I-i-ich", stotterte Sven verwirrt, "äh, der kam mir doch auf meiner Fahrspur entgegen."

"Ach Quatsch. Die Straße machte dort doch nur eine leichte Kurve. Wenn sie mit so etwas nicht mehr klarkommen, dann sollten sie mit Autofahren aufhören."

"Entschuldigung", sagte Sven ganz kleinlaut, "ich war verwirrt."

Dann wurde die Autotür wieder zugeschlagen. - Wenig später bemerke Sven, wie der andere Wagen hinter ihm mit offenbar demonstrativ viel Gas an ihm vorbeifuhr. Sven brauchte noch einige Sekunden, bis er mit zitternden Händen den Wagen wieder startete und langsam anfuhr.

"Du leidest jetzt wirklich unter Verfolgungswahn", sagte Sven zu sich selbst. Und er fragte sich, ob er je wieder nachts im Dunkeln auf einsamen Landstraßen völlig entspannt fahren könnte.

Mittlerweile hatte Sven den Stadtrand erreicht. Jetzt fuhr er wieder entspannter. Als er die Eisenbahnschienen am Bahnübergang überquerte, gab es plötzlich einen starken

Ruck, dann ein kreischendes Geräusch und das Auto begann zu schleudern. Sven schlug mit dem Kopf gegen die Seitenscheibe.

Als der Wagen endlich ruhig stand, war Sven benommen und blieb zunächst sitzen. Dann sah er, wie Leute auf das Auto zugelaufen kamen. Ein Mann riss die Fahrertür auf.

"Sind sie verletzt?"

"Ich weiß nicht. Ich glaube nicht." Verwirrt stieg Sven aus, wobei der Mann ihm unter die Arme griff. Sven tastete seinen Körper ab. Abgesehen davon, dass sein Kopf an der Seite etwas schmerzte, schien alles in Ordnung zu sein.

"Danke, es ist alles in Ordnung", sagte Sven zu dem Mann. Danach sah er sich das Auto an.

"Sie haben ein Rad verloren", sagte der Mann. "Ich habe es genau gesehen, weil ich direkt hinter ihnen war."

Jetzt sah es Sven auch. Das linke Rad fehlte und lag einige Meter entfernt.

"Tuut, Tuuuuuuuut." Ein Autofahrer begann nervös zu hupen.

"Sie blockieren die Straße", sagte der Mann.

"Ja, tut mir Leid."

"Ich habe die Polizei gerufen", rief irgendjemand, "und auch den Unfallwagen."

Sven fragte sich, wozu der denn einen Unfallwagen gerufen hatte, er war doch gar nicht verletzt. Aber es stimmte, das Auto musste hier bald weg.

"Bing - bing - bing."

Stefan erschrak, was war das?

"Die Schranken!", rief der Mann entsetzt. "Die Schranken schließen sich gleich! Es kommt ein Zug!"

Der Mann lief weg zu seinem Auto. Und jetzt realisierte Sven erst die Situation: Sein defektes Auto stand mitten auf dem Bahnübergang und das Bimmeln kündigte an, dass sich die Schranken gleich schließen würden. Sven konnte sich nicht daran erinnern, dass diese Schranken jemals geschlossen waren. Hier fuhr doch höchstens einmal am Wochenende die Museumsbahn.

"Scheiße!", rief Sven, "die 'Karoline', die Museumsbahn." Wenn er sein Auto hier nicht sofort weg bekam, dann würde es einen Zusammenstoß geben.

Sven sprang in seinen Wagen und startete ihn. Dann legte er den ersten Gang ein und gab vorsichtig Gas. Dabei sah er, wie die Schranken begannen, sich langsam nach unten zu bewegen.

Er gab mehr Gas. Das Auto bewegte sich langsam mit einem kreischenden Geräusch. Aber es fuhr nicht geradeaus, sondern einen engen Kreis nach links. Sven versuchte gegenzusteuern aber das Lenkrad blockierte. Er versuchte es mit aller Gewalt, aber das Steuer ließ sich nicht bewegen.

"Scheiße!", schrie Sven. Er sah, dass die Schranken inzwischen schon ein gutes Stück nach unten bewegt hatten. Gleich würde er in der Falle sitzen. Jetzt gab er deutlich mehr Gas. Aber alles was geschah, war, dass das Auto schleuderte.

"Ich muss hier raus!" Sein nächster Gedanke, war, dass er den Zug warnen müsse. Er konnte ihm entgegenlaufen, wenn es nicht schon zu spät dafür war. Aber in welche Richtung?

Ohne den Motor erst abzustellen sprang Sven aus dem Wagen. Gleichzeitig sah er, wie ein Radlader, der wohl für den Winterdienst eingesetzt war, mit Vollgas auf der Gegenfahrbahn auf ihn zufuhr. In derselben Millisekunde verstand Sven den Plan und sprang zur Seite.

"Das ist es!"

Der Radlader fuhr mit hoher Geschwindigkeit auf das Auto zu, bremste abrupt ab, rollte langsam gegen das Auto und schob es von den Gleisen. Die Schranken waren aber schon so niedrig, dass der hohe Radlader nicht mehr ganz darunter durch passte, mit dem Dach dagegen kollidierte, und die Schranke etwas knickte.

Das blechernde Krachen, als die Schaufel des Radladers gegen den Wagen krachte und das kreischende, schabende Geräusch, als der Wagen weggeschoben wurde, würde Sven wohl sein Leben lang nicht mehr vergessen. Aber wenigstens waren die Passagiere der Museumsbahn gerettet.

"Gott sei Dank."

Jetzt hörte Sven, wie sich der Zug näherte und schon sah er, wie er um die Ecke bog. Es war eine Diesellok mit drei Güterwagons. Sie fuhr höchstens Schritttempo.

"Scheiße", dachte Sven, "die hätten doch problemlos anhalten können. Warum denn diese überflüssige Aktion und das geschrottete Auto?"

51 Peinlich

"Scheiße", rief Sven. Es hatte einige Sekunden gedauert, bis Sven auch wieder andere Dinge in seiner Umgebung wahrnahm. Das erste, was er bemerkte war, dass es mehrere Schaulustige gab, die alle mit ihren Handys die Szene filmten oder fotografierten. Das war Sven jetzt sehr peinlich.

Als nächstes sah Sven, dass der Radlader Fahrer auf ihn zukam.

"Tut mir Leid", sagte er. "Ich dachte, da käme ein richtiger Zug."

"Trotzdem vielen Dank. Sie konnten nicht wissen, dass dieser Zug so langsam war. Ich habe das ja auch nicht geahnt."

"Tja, dann gehe ich jetzt mal wieder."

"Es war wirklich nicht ihre Schuld."

Der Fahrer drehte sich um und ging.

Jetzt hörte und sah Sven, dass ein Rettungswagen von der nahe Rettungswache kam.

Ein älterer Herr kam auf Sven zugelaufen. "Ich habe auch schon Polizei und Rettungsdienst alarmiert."

Sven schaute den Mann, der kurz vor einem Herzinfarkt zu sein schien, entgeistert an. "Ich brauche keinen Rettungsdienst."

"Doch! Das ist jetzt der Schock. Legen sie sich lieber hin, ich bringe sie dann auch in die stabile Seitenlage. Und jetzt legen sie sich lieber hin. Sie müssen sich zusammenreißen."

Sven musste sich wirklich zusammenreißen. Denn er war kurz davor zu explodieren.

Es hatte eine Zeit gedauert, bis Sven die Sanitäter überzeugt hatte, dass sie ihn nicht ins Krankenhaus zu bringen brauchten und noch länger, bis die beiden Polizisten, die kurz nach dem Rettungsdienst angekommen waren, seine Aussage aufgenommen hatten. Die Beamten waren zwar sehr freundlich gewesen, hatten ihm aber sehr klar gesagt, dass der Wagen so bald wie möglich vom Straßenrand entfernt werden musste.

Sven überlegte, was jetzt als nächstes zu tun wäre. Was ihm als erstes in den Kopf kam, dazu hatte er überhaupt keine Lust. Aber lieber jetzt gleich, dann hatte er es wenigstens hinter sich. Also rief er Maya an und erklärte ihr, dass er ihr Auto gerade geschrottet hatte. Aber offenbar war sie mehr um ihn besorgt als um das Auto. - Glück gehabt.

Als nächstes rief er Nils an und schilderte kurz, was geschehen war. Nils klang besorgt.

"Ist dir auch wirklich nichts passiert?"

"Nein, bis auf eine kleine Beule am Kopf, dem geschrotteten Auto und insbesondere der beschämenden Aktion, die von allen gefilmt wurde, geht es mir gut."

"Das ist eine Erleichterung. Pass auf, ich werde jetzt zwei Dinge machen: zum einen schicke ich einen Reporter, denn schließlich möchte ich auch über diese interessante Geschichte berichten. Vielleicht finde ich eines der Videos oder Fotos dazu bei YouTube oder anderswo im Internet, so dass ich auch ein Foto vom interessanten Moment habe."

"Er nennt es *interessant*", dachte Sven, "ich würde es beschämend oder peinlich nennen. Aber wahrscheinlich will er mich nicht bloßstellen."

"Und zweitens", fuhr Sven fort, "werde ich Kommissar Heise anrufen. Ich glaube, dass dieses ein neuer Anschlag war."

So hatte es Sven bisher noch gar nicht betrachtet. Aber wenn das so war, wem galt der Anschlag, ihm oder Maya? Schließlich war er mit Mayas Auto unterwegs gewesen.

52 Verhör

"Tja", sagte Kommissar Heise, "das ist schon alles sehr merkwürdig."

Sven war der Kommissar, dem er jetzt gegenüber saß, sympathisch. Er schätzte ihn auf 45 Jahre und mit seinen kurzen Haaren und seinem Gesicht mit groben Falten sah er markant aus. Und wenn er lächelte, erinnerten seine Zähne an ein Pferdegebiss.

Kommissar Heise hatte ihn gleich nach dem Telefonat mit Nils angerufen und ihn für den nächsten Vormittag ins Polizeipräsidium in Alsterdorf gebeten. Auch wollte er sich um den Abtransport des Autos kümmern. Und nachdem Sven fast eine Stunde in der Schlange vor der Personenkontrolle im Eingangsbereich des Polizeihochhauses verbracht hatte, saß er ihm jetzt endlich gegenüber.

"Sehr merkwürdig", wiederholte der Kommissar. "Es kann sich mit Ausnahme des Brandanschlages im Prinzip natürlich jeweils um Unglücke handeln, aber ich mag nicht an soviel Zufall glauben. Es ist gut, dass Nils Naumann mich angesprochen hat, denn bisher ist jeder Tatbestand von der Polizei einzeln betrachtet worden, aber dabei scheint doch alles zusammenzuhängen. Ich lasse mir sämtliche Akten kommen und werde das Ganze als *einen* Fall behandeln. - Aber jetzt schildern sie doch einmal, was denn alles so passiert ist."

Dabei schaute der Kommissar Sven freundlich lächelnd, aber mit einem strengen stechenden Blick in die Augen. Nils kam sich fast wie ein Verbrecher vor, obwohl er doch schließlich das Opfer war. Wie mochte es dann erst einem Täter ergehen?

Sven berichtete dem Kommissar alles: wie er damals von Nils angesprochen worden war, was bei Sanophil vorgefallen war und über die beiden Autounfälle und über den Brandanschlag.

Nachdem Sven mit dieser sehr umfangreichen Schilderung fertig war, nickte der Kommissar freundlich.

"Gut, ich weiß jetzt Bescheid. Ihren Wagen - äh, ich meine den Wagen ihrer Freundin - haben wir sichergestellt. Ich möchte ihn untersuchen lassen."

"Aber Maya ist nicht meine Freundin, nur eine Arbeitskollegin."

Kaum hatte Sven diesen Satz ausgesprochen, überlegte er, ob das wirklich so war. Klar, anfangs war Maya nur eine völlig fremde Arbeitskollegin. Aber inzwischen hatte sich ihr Verhältnis doch sehr verändert. Aber wie sollte er es definieren?

Kommissar Heise grinste und unterbrach Sven in seinen Gedanken.

"Egal wie, ich werde mich wieder bei ihnen melden."

War das jetzt ein freundliches Angebot oder eine Drohung?

53 | Genugtuung

"Weißt du schon das Neueste?"

Mit diesen Worten kam Maya in Svens Büro gestürmt.

"Nein", antwortete Sven pflichtgemäß, "woher denn?"

"Ina hat mit sofortiger Wirkung gekündigt. Außerdem hat sie herumerzählt, dass sich schon morgen ein neuer oberster Chef vorstellt."

Sven freute es, dass Maya wenigstens ein Problem weniger hatte. Aber das würde an den anderen nichts ändern. "Das freut mich für dich", sagte er und drückte sie fest an sich. "Trotzdem werden sie die Abteilung bald schließen."

Maya sah ihn traurig an. "Ja, ich weiß. Und ich habe auch nachgedacht."

Maya machte eine größere Pause und sah ihm dann fest in die Augen. Sven bemerkte, dass ihre Augen leicht feucht wurden. Schließlich fuhr sie fort.

"Ich habe nachgedacht. Du brauchst ein neues Auto und außerdem wolltest du meines ersetzten und mir ein neues kaufen. Auch zahlen wir beide Miete und wer weiß, wie sicher dein Job bei Sanophil noch ist. Du hast das ja selber gesagt."

Jetzt machte Maya wieder eine Pause und Sven war äußert gespannt, was jetzt kommen würde. Es schien, als wenn es Maya schwer fiel, das zu sagen, was sie wollte.

"Und da habe ich mir überlegt, ob du nicht einfach bei mir wohnen bleiben möchtest. So können wir einmal Miete sparen und brauchen auch nur ein Auto zusammen."

Sven konnte kaum glauben, was er gehört hatte. Er drückte Maya jetzt noch fester an sich.

"Maya, nichts was ich lieber würde. Ich war schon traurig, dass ich jetzt wieder ausziehen musste. Es war eine so schöne Zeit bei euch."

Sven verspürte den Drang, sie zu küssen. Aber er wusste, dass sie noch viel Zeit benötigen würde, bis sie einen engeren Kontakt zu einem Mann wünschte. Deshalb zügelte er sich, auch wenn es ihm schwerfiel. - Nach einiger Zeit lockerte Sven die Umarmung.

"So sei es."

Und damit war der Vertrag besiegelt.

54 | Vorladung

Sven hatte in den nächsten Tagen viel zu tun. Neben der reichlichen Arbeit bei Sanophil musste er noch Kündigung und Auszug aus seiner Wohnung organisieren und ein neues Auto besorgen. Deshalb war er genervt, als jetzt noch sein privates Handy klingelte.

"Sven Severin, was wollen sie?" fragte er mit leicht gereiztem Unterton.

"Hallo Herr Severin, hier Kommissar Heise. Ich wollt sie bitten, dass sie ihr Auto wieder bei uns abholen."

"Abholen? Diesen Schrott."

"Ja, abholen. Wir sind mit der Untersuchung fertig."

Sven konnte sich vorstellen, wie der Kommissar höhnisch vor sich hin grinste. Auch ihm musste klar sein, dass dieses Auto nie mehr fahren würde und nur noch entsorgt werden konnte.

"Wie soll ich den Wagen abholen? Der gehört doch auf den Schrott."

"Das ist ihr Problem. Hier muss er erst einmal weg. Kommen sie doch einmal bei mir vorbei, dann können wir alles in Ruhe besprechen."

Sven witterte Lunte, denn da gab es doch eigentlich nichts zu besprechen.

"Soll das eine Vorladung sein?"

"Nein, ich habe keinen Grund, sie vorzuladen. Aber ich möchte sehr gerne einmal mit ihnen sprechen. Wann passt es ihnen?"

"Also indirekt doch eine Vorladung", dachte Sven.

Dann verabredeten sie einen Termin und Sven bekam noch den Tipp, Kommissar Heise aus der Eingangshalle anzurufen, damit er ihn direkt abholen konnte und so die zeitraubende Kontrolle am Eingang umgangen würde.

"Merkwürdig", dachte Sven, "sehr merkwürdig, um die Worte von Kommissar Heise zu gebrauchen."

55 Verdacht

Und wieder hatte Sven das Pferdegebiss vor sich, während Kommissar Heise ihn angrinste.

"Tja", fing der Kommissar an, "beginnen wir mit dem offiziellen Teil. Wir haben ihr Auto untersucht. Sie haben das linke Vorderrad verloren. Es ist aber keine Manipulation festzustellen. Entweder haben sich sämtliche Radmuttern losgerüttelt und von selbst gelöst, oder jemand hat nachgeholfen. Aber wie gesagt, es gibt keinen Hinweis auf ein Verbrechen."

Sven sah Kommissar Heise verblüfft an.

"Aber können alle Radmuttern so ganz von sich alleine abgehen?"

"Tja, das ist so eine Sache. Wenn der KFZ-Techniker beim Reifenwechsel vergessen hat sie anzuziehen? - Aber wir haben das natürlich geprüft. Aus dem Service Checkheft haben wir die Werkstatt ermittelt und ich bin dort gewesen. Die Winterreifen sind Mitte Oktober aufgezogen worden und drei Tage später waren sie oder Frau Mötel wieder in der Werkstatt, damit die Muttern nachgezogen wurden. Das ist dort in den Unterlagen vermerkt."

"Ja, aber dann können sie die Muttern doch nicht von selbst gelöst haben!"

"Unwahrscheinlich, sehr unwahrscheinlich, aber immerhin theoretisch möglich. - Es gibt zwei Möglichkeiten: die erste ist, dass es sich bei den ganzen Vorfällen um eine unglücklicher Verkettung von Unglücken handelt."

"Aber was ist mit dem Brandanschlag auf meine Wohnung?"

"Der Anschlag an sich war natürlich ein Anschlag. Aber war der wirklich für sie bestimmt oder hat es lediglich einen falschen erwischt? Sind sie Ausländer?"

"Nein, das nicht."

"Also. Es gibt keinen Beweis, der gegen diese These spricht."

Kommissar machte jetzt eine Pause bevor er weitersprach. Aber eigentlich hatte er doch keinen Grund die Spannung zu erhöhen.

"Es ist aber auch denkbar, dass es sich jeweils um gut getarnte Anschläge handelte. Nehmen wir für einen Moment einmal an, dass dem so wäre. Wer käme dafür denn in Frage? Welcher ihrer Freunde und Bekannten? Gehen sie doch einmal einen nach dem anderen ganz kritisch durch."

Sven dachte einen Moment nach.

"Ich habe wenig Bekannte und die kann ich alle ausschließen. Eher jemand aus der Firma. Schließlich habe ich bezüglich der Vertuschung der Nebenwirkungen beim neuen Antibiotika etwas herumgeschnüffelt. Und wenn das jemand mitbekommen hat, dann könnte ihm das nicht gefallen haben. Außerdem ist es doch auffällig, dass der tödliche Unfall von Hans Preuss mit meinem fast identisch war."

"Das ist genau das, was ich zu hören gehofft hatte. Aber ich bin mir weder sicher, dass Herr Preuss ermordet wurde, noch dass sie getötet werden sollten. Ich vermute, dass sie nur sehr drastisch gewarnt werden sollten und Herr Preuss dabei unglücklicherweise zu Tode kam."

Der Kommissar sah Sven jetzt mit einem stechenden Blick an. Sven war froh, dass er kein Täter war, denn dann hätte der Kommissar ihn mit Sicherheit mit seinen Blicken getötet.

"Jetzt seien sie bitte ganz offen und ehrlich. Wer aus ihrer Firma könnte das veranlasst haben oder der Täter sein."

"Eigentlich hatte ich immer gedacht, dass es Stefan Kleine war. Aber der ist ja inzwischen tot und kann kaum die Radmuttern an dem Auto gelockert haben. Oder ist er vielleicht selbst ein Opfer?"

"Wenn es Herr Kleine nicht war, wer kommt dann noch in Frage?"

Sven dachte lange nach, aber es fiel ihm niemand ein. Als er dem Kommissar das sagte, schien dieser aber nicht besonders enttäuscht.

"Ich habe natürlich auch einige Recherchen angestellt und bin darauf auf einen sehr interessanten Lebenslauf gestoßen."

Wenn Sven jetzt gehofft hatte, einen Lebenslauf oder gar einen Namen genannt zu bekommen, dann wurde er jetzt gründlich enttäuscht. Stattdessen schilderte ihm der Kommissar, dass ein 'interessanter Lebenslauf' nicht einmal für einen Verdacht ausreiche. Aber er hatte einen Plan, man müsste dem Täter eine Falle stellen. Dazu bräuchte er aber Sven und das Ganze wäre nicht ungefährlich. Und wenn die Sache schiefginge, dann würde er alles leugnen. Sven solle sich nicht sofort entscheiden, sondern erst einmal eine Nacht darüber schlafen.

"Das ist es also", dachte Sven, "er braucht mich als Köder. Was aber, wenn der Raubfisch mich verschlingt?"

Der Kommissar stand auf und reichte Sven zum Abschied die Hand.

"Übrigens können wir ihren Wagen gerne kostenfrei verschrotten lassen. Sie müssen nur ein entsprechendes Formular ausfüllen. Soll ich sie zu unserer Teamassistentin bringen?"

Also doch!

56 | Entscheidung

Eigentlich bräuchte Sven keine Nacht darüber zu schlafen, denn für ihn war die Entscheidung völlig klar. Schon dreimal war er knapp dem Tod entronnen und es gab keinerlei Veranlassung auf sein Glück noch mehr zu vertrauen. Wie hatte ein Kollege einmal gesagt: "Wer spielt, muss auch verlieren können." Und das hier war ein potentiell tödliches Spiel.

※

Da Maya und er ja zurzeit kein Auto mehr hatten, und Maya deshalb entsprechend später aus der Arbeit kam, holte Sven meist Annalena, Mayas Tochter, von der Tagesbetreuung ab. Weil es zeitlich passte gingen heute beide in Richtung Bahnhof Maya entgegen.

※

Als Maya aus dem Bahnhof kam, sah sie trotz Dunkelheit auf der anderen Straßenseite das strahlende Gesicht ihrer Tochter mit Sven an der Hand. Sie freute sich, dass sich beide so gut verstanden und Annalena endlich so etwas wie einen Vater hatte. Rasch ging sie auf beide zu. Dabei bemerkte Maya zunächst nicht, dass ein am Straßenrand stehendes Auto plötzlich anfuhr, stark beschleunigte und auf sie zufuhr.

※

Auch Sven hatte Maya frühzeitig auf der anderen Straßenseite gesehen. Offenbar hatte Maya auch sie beide erkannt, jedenfalls eilte sie auf sie zu. Als Maya gerade die Straße betreten hatte, bemerkte Sven, dass ein Auto auf Maya zufuhr.

„Hält der denn gar nicht an? Sieht er sie nicht?", überschlugen sich seine Gedanken.

Maya schien nicht zu reagieren. Deshalb schrie er jetzt so laut er konnte und rannte instinktiv auf Maya zu. Jetzt schien Maya der Situation gewahr zu werden und zu erschrecken, denn sie blieb wie angewurzelt stehen. Sven sprintete auf sie zu. Dabei stolperte er, fiel gegen Maya und riss sie mit zu Boden. Er schlug etwas unsanft auf den Boden auf. Noch während des Falls hatte er einen starken Luftzug gespürt, als der Wagen wohl nur Millimeter entfernt an ihm vorbeigerast war.

Sofort kümmerte sich Sven um Maya. Offensichtlich war auch ihr nichts Ernstes passiert.

„Gott sei Dank!", rief er aus.

Dann sah er, dass Annalena immer noch am anderen Straßenrand stand und laut heulte. Er eilte auf sie zu, bückte sich, und drückte sie fest an sich.

„Ich hab' alles gesehen, ich hab' alles gesehen!", rief ein Mann in Lodenmantel und mit Hut und einer Lederaktentasche, der auf sie zueilte. „Ich bin Zeuge. Der Autofahrer ist eindeutig Schuld. Und außerdem hat er Fahrerflucht begangen!"

„Nun beruhigen sie doch, es ist nichts Ernsthaftes passiert", versuchte Sven ihn zu besänftigen. Das letzte, was Sven jetzt wollte war Aufsehen. Aber der Mann ließ sich nicht bremsen.

„Die Polizei und den Unfallwagen habe ich auch schon gerufen."

"Uns ist wirklich nichts Ernsthaftes passiert"; sagte jetzt auch Maya.

„Haben sie sich das Nummernschild merken können"; fragte Sven.

„Nummernschild? Nein, das ging doch alles so schnell. Aber ansonsten habe ich alles gesehen."

Sven bemerkte, dass der Mann einen hochroten Kopf hatte. "Nicht schon wieder", dachte er.

„Das dauert aber, bis der Unfallwagen kommt", rief der Mann weiter. „Sie sollten sich lieber solange hinlegen, das ist besser für die Verletzungen."

Sven war aufgestanden und kurz davor dem Mann in die Fresse zu hauen. Nur mit Mühe konnte er sich beherrschen. Maya schien das zu spüren. Sie legte ihre Hand auf seinen Arm.

„Komm Sven, wir gehen nach Hause."

„Das können sie nicht machen!", schrie der Mann hinterher. „Das war doch ein Unfall und die Polizei kommt gleich. Das muss doch alles aufgenommen werden. Ich habe doch alles gesehen und bin Zeuge."

Maya und Sven drehten sich um, nahmen Annalena in der Mitte an die Hand und gingen langsam in Richtung zuhause.

„Sie dürfen sich nicht einfach vom Unfallort entfernen", rief der Mann ihnen hinterher. „Das ist bestimmt strafbar."

„Aber sie haben ja alles gesehen", rief Sven zurück, „das genügt."

Dann begann Maya zu lachen, dann stimmte auch Sven mit ein und zum Schluss lachte sogar Annalena.

Eines hatte der Zwischenfall bewirkt: jetzt wusste Sven ganz sicher, wie er Kommissar Heises inoffizielle Anfrage beantworten musste. Es durfte nicht sein, dass Maya und ihre Tochter weiterhin gefährdet waren. Er würde Kommissar Heise helfen den Täter zu schnappen. Selbst wenn er dabei zum Opfer würde.

57 Wiedersehen

Und wieder saß Sven dem Kommissar Heise gegenüber. Gleich nach dem neuen Anschlag, und Sven war sich ganz sicher, dass es sich nur um einen Anschlag gehandelt haben konnte, hatte er den Kommissar angerufen und einen Termin verabredet. Während Sven die neuen Ereignisse schilderte, hatte der Kommissar ihn nicht unterbrochen.

„Tja", sagte Kommissar Heise am Ende von Svens Bericht, „das passt alles mit meiner Theorie gut zusammen. Nur eine Theorie ist noch kein Täter."

„Wen verdächtigen sie denn?"

„Verdächtigen ist so eine Sache. Ich habe keinerlei Spuren, Indizien oder Hinweise. Ich habe mich bisher nur mit den Lebensläufen einiger Personen beschäftigt. Und da ist einer merkwürdig, sehr merkwürdig. Und außerdem möchte ich nicht sagen, wer das ist. Denn das könnte ihr Verhalten beeinflussen."

„Na gut, aber wie wollen sie ihren Mister-X jetzt schnappen."

„Wenn meine Theorie stimmt, dann ist das ganz einfach. Ich werde ihn so provozieren, dass er nur noch den Wunsch hat, sie so schnell wie möglich umzubringen. Und wenn er das versucht, dann wissen wir, dass er zumindest hierfür schuldig ist. Und wenn er dann intensiv verhört wird, wird er das andere hoffentlich auch zugeben."

Sven musste schlucken. So gefährlich hatte er sich das Ganze nicht vorgestellt. Er sollte wie eine Maus still vor der Katze sitzen und in aller Ruhe warten, bis sie zum Sprung ansetzte. Und dann hoffen, dass irgendein Wunder geschah und sie ihn nicht erwischte? Nein, das war Wahnsinn, viel zu gefährlich. Aber andererseits, würden Maya und Annalena sonst in ständiger Gefahr leben. Wie lange würden sie das aushalten? Sven war in einer Zwickmühle. Es dauerte einige Zeit, bevor er sich endgültig entschieden hatte.

„In Ordnung. Aber was, wenn ich dabei draufgehe. Ich meine, diese Möglichkeit muss man doch auch in Betracht ziehen."

Sven hatte versucht, dieses sehr selbstsicher auszusprechen. Aber in Wirklichkeit war er kurz davor, sich vor Angst in die Hose zu machen.

„Na ja, wir haben dann auf jeden Fall den Täter." Der Kommissar grinste breit. Sven hatte ein noch mulmigeres Gefühl. So saßen sie sich eine Zeitlang gegenüber, bis Kommissar Heise das Schweigen brach.

„Aber so weit wollen wir es natürlich nicht kommen lassen. Sie sind uns nämlich als Zeuge sehr wichtig. Deshalb habe ich eine Gegenmaßnahme ergriffen."

Dann nahm der Kommissar den Telefonhörer, und tippte eine kurze Nummer ein.

„Hallo Mike, du kannst jetzt herüberkommen."

Dann wandte sich der Kommissar wieder an Sven. „Mike ist unser Top Personenschützer. Er ist deutscher Vizemeister in einer Kampfsportart und hat auch ein Studium hinter sich. Ein ausgezeichneter Mann. Und der wird jetzt ständig auf sie aufpassen. Er wird tagsüber immer unauffällig in ihrer Nähe sein und nachts wird das Haus, in dem sie wohnen, ständig von anderen Kollegen bewacht. - Sie brauchen sich also keine Sorgen machen."

Der Kommissar hatte den letzten Satz noch nicht zu Ende gesprochen, als es an der Tür kurz klopfte und eine Person eintrat.

„Das ist Mike", stellte der Kommissar ihn mit einer Handbewegung in Richtung Tür vor.

Sven viel total vom Glauben ab. Was er sah, war ein Penner oder vielleicht ein Rauschgiftsüchtiger: ein junger Mann unter Dreißig, mit langen leicht gewellten, fettigen Haaren und einem ungepflegten Bart. Bekleidet war er mit einer dreckigen Jeans und einem grünen Parka. Parkas sind doch seit Jahrzehnten out.

„Hallo", sagte Mike, wobei er freundlich lächelte, was seine weißen makellosen Zähne besonders betonte.

„Das ist Mike?" fragte Sven, immer noch irritiert, nach.

„Ja, eigentlich lautet sein Name Dr. Michael irgendetwas. Sein richtiger Name soll aber nicht bekannt werden, deshalb heißt er bei uns nur Mike."

Mike kam auf Sven zu und streckte ihm die Hand aus. Etwas widerwillig nahm Sven diese Begrüßung an. Jedenfalls schien Mike geruchsneutral zu sein.

Mike schien Svens Reserviertheit zu spüren. „Bitte lassen sie sich nicht von meinem Äußeren abschrecken. Diese, nennen wir es einmal Verkleidung, hat enorm viele Vorteile. Wenn ich irgendwo sitze oder stehe und warte, dann werde ich überhaupt nicht zur Kenntnis genommen. Solche Typen, wie ich, werden einfach übersehen."

Sven musste zugeben, dass Mike irgendwie schon Recht hatte. Auch er hätte ihn niemals für einen Personenschützer gehalten.

„Ich werde sie tagsüber ständig begleiten", fuhr Mike fort. "Zur Sicherheit sollten wir die Handynummern austauschen, für den Fall dass wir uns verlieren. Ich schlage außerdem vor, dass sie eine App auf ihrem Handy installieren, so dass ich auch darüber stets sehen kann, wo sie sich gerade aufhalten. Aber das müssen sie entscheiden."

Sven nickte Mike zu.

„Nachts wird Mike sie allerdings nicht bewachen", unterbrach Kommissar Heise, „da möchte auch er gerne schlafen. Zu der Zeit wird das Haus, wo sie wohnen, dann von anderen überwacht. Wundern sie sich also nicht, wenn irgendwelche Autos auffällig unauffällig davor parken."

„Und natürlich habe ich noch eine Bitte", fuhr Mike fort, „wenn sie zum Beispiel beschließen, abends in die Oper zu gehen, dann geben sie mir bitte rechtzeitig Bescheid, damit ich mich angemessen kleiden kann." Dabei grinste er Sven an.

„Und wenn sie joggen wollen, dann sollten sie das auch vorher mitteilen", sagte Kommissar Heise. „Das Joggen wird Mike sicher gefallen, aber wie sieht es denn aus, wenn er in *den* Klamotten hinter ihnen herläuft?"

So langsam wurde Sven dieser Mike sympathisch. Trotz des Aussehens machte er einen intelligenten Eindruck und alles was er sagte, hatte Hand und Fuß. Sven glaubte, dass er Mike vertrauen könnte und das war ungemein wichtig. Denn schließlich könnte sein Leben von Mike abhängen.

„So ihr könnt jetzt gehen", sagte der Kommissar, „und ich werde losfahren und meinen Verdächtigen etwas provozieren, so dass er hoffentlich losschlägt." Dabei dachte er, dass ihm das eine besondere Freude bereiten würde. Doch dann erschrak er. Hatte er etwa eine sadistische Ader, von der er bisher nichts wusste?

58 | Finale

Sven ging nach Hause. Auf dem Weg unterhielt er sich mit Mike, der viele interessante Erlebnisse erzählte. Da Kommissar Heise noch einige Zeit benötigten würde, bis er den Verdächtigen provozieren konnte, gab es zurzeit keine Veranlassung einen Angriff zu erwarten. Der Termin im Polizeipräsidium hatte zwar schon am späten Vormittag stattgefunden, aber Sven hatte keine Lust wieder zurück in die Firma zu gehen. Deshalb ging er lieber etwas spazieren.

Aber schon am späten Nachmittag wurde Sven immer nervöser. Jetzt konnte jederzeit etwas passieren. Und auch Mike ging nicht mehr zusammen mit ihm. Sven sah Mike manchmal irgendwo vor sich aber meistens gar nicht. Vermutlich war er dann hinter ihm. Doch es passierte nichts Besonderes. - Abends ging Sven mit einem ungutem Gefühl schlafen, denn entweder versuchte der Täte ihn morgen zu erwischen oder Kommissar Heise hatte sich geirrt. Was aber, wenn der Kommissar den richtigen verdächtigte, dieser aber erst nach Tagen, Wochen oder gar Monaten zuschlagen würde? Mike wäre dann bestimmt nicht mehr bei ihm.

$${}^x_x{}^x_x{}^x_x$$

Nach einer Nacht mit Albträumen stand Sven früh auf, weil er bei Sanophil noch einen Server rebooten musste bevor die Büroleute mit der Arbeit anfingen. Während er noch beim Frühstück saß, erhielt er eine SMS von Mike: „Bin schon hier". Auf Mike schien wirklich Verlass zu sein.

Als Sven aus dem Haus kam und zur Bushaltestelle ging, sah er von Mike nichts. Er fragte sich, ob Mike wirklich auf ihn aufpasste. Aber kurz bevor der Bus kam, stellte sich Mike zu ihm und stieg mit ein. Die erste Fahrt ging bis Lohbrügger Markt, dort musste er dann in einen anderen Bus umsteigen.

Es waren aufgrund der frühen Uhrzeit nur wenige Personen im Bus. Aber schon an der nächsten Haltestelle stieg ein jüngerer Mann, der mit einer Art Uniform bekleidet war, ein. Irgendwie kam er Sven bekannt vor, und dann erinnerte er sich auch wieder an ihn. Er hatte ihn gelegentlich bei Sanophil als Security Guard gesehen. Sofort schrillten bei Sven die Alarmglocken. Das würde alles gut zu einem Täter passen, der beauftragt wurde.

Der Security Mann setzte sich schräg hinter Sven, und Sven versuchte unauffällig nach hinten zu schauen. Der Mann schien mit seinem Handy beschäftigt zu sein. Svens Kopf arbeitete auf Hochtouren. Hier im Bus, vor so vielen Zeugen, würde er keinen Angriff riskieren. Aber wenn sie am Lohbrügger Markt ausstiegen und dort keine anderen Fahrgäste warteten, dann war das sicher ein guter Ort. Er musste Mike informieren. Aber der saß ganz vorne in der ersten Reihe. Wie sollte er das unauffällig machen? „Du bist doch ein Idiot", dachte er dann ganz plötzlich, „du brauchst ihm doch nur eine SMS senden!" Wir konnte er nur eine solche Blockade haben.

„Keep calm", war die Antwort, die er als SMS von Mike erhielt. Der hatte gut reden. Er war ja schließlich nicht der Köder. Sven merkte selber, wie er unruhiger wurde. Vor allem fiel es ihm schwer, hier still zu sitzen und abwarten zu müssen. Außerdem fing seine volle Blase langsam an zu drücken. Konnte das an dem zweiten Becher Tee liegen, den er heute früh getrunken hatte?

Als sie am Lohbrügger Markt ankamen, sah Sven, wie Mike aus der vorderen Tür eilte. Er selber stieg durch die hintere Tür aus. Und der Security Mann? Der blieb einfach sitzen! - Da stand Sven nun alleine an der Bushaltestelle. Von Mike sah er wieder keine Spur und der Herr von der Security war ganz ruhig weitergefahren. War alles nur ein Fehlalarm gewesen?

Im Industriegebiet angekommen stiegen neben Sven und Mike auch einige andere Personen aus, die in der Dunkelheit verschiedene Wege gingen. Um diese Zeit war eben noch nicht viel los.

Sven war ungefähr die Hälfte der 10 Minuten zur Firma gegangen, aber von Mike hatte er seit dem Aussteigen nichts bemerkt. Als er eine Straße überquerte hatte er verstohlen versucht auch nach hinten zu schauen, aber Mike hatte er nicht gesehen. Mehr als diesen hoffentlich unauffälligen Blick traute er sich nicht, denn Mike hatte ihm eingeschärft, nicht nach ihm zu schauen; sonst könnte seine Tarnung auffliegen. Da Sven jetzt ganz alleine in der Dunkelheit ging, ging das anfangs mulmige Gefühl langsam in Angst über. Ja, hier alleine in finsterer Nacht wäre die beste Möglichkeit für ein Attentat. Hier gab es keine Zeugen.

Plötzlich hörte Sven das ‚Pling', das ertönte wenn eine SMS eintraf. Beim Gehen nahm er sein Handy aus der Jackentasche und las die SMS. Sie war von Mike: „Muss mal kurz in die Büsche, passe 1 Minute auf dich selber auf". Hätte Mike doch bloß nichts vom Pinkeln geschrieben. Jetzt wurde Sven wieder deutlich, dass seine Blase auch bis zum Platzen gefüllt war. Der Stress hatte sein Bedürfnis wohl irgendwie verdrängt, jedenfalls konnte er jetzt kaum noch an sich halten.

„Scheiße", dachte er, „bis zur Firma schaffst du es nicht mehr". Und hier irgendwo in die Büsche, dazu habe ich jetzt keinen Nerv. Da hier sowieso niemand weiteres auf der Straße war, presste er sich ganz einfach an den Maschendrahtzaun des Industriegrundstückes, öffnete seine Hose und pinkelte durch eine Masche. „Hoffentlich haben die hier keine Videoüberwachung", viel ihm plötzlich ein, aber jetzt war es eh zu spät.

Währen er sich erleichterte, hörte er, dass sich ein Auto näherte. So wie er an den Zaun gedrückt stand, war das zwar sicher etwas auffällig, aber ansonsten würde der Fahrer wohl nicht viel mitbekommen. Doch dann schien das Auto mehr oder weniger hinter ihm anzuhalten. Während Sven weiter pinkelte, schaute er über die Schulter nach hinten und erschrak. Der Wagen, der dort stand, war ein dunkelblauer Qoros SUV. Diese chinesischen Autos waren in Europa extrem selten und Sven kannte nur einen, der ein solches Auto fuhr: Göran. Göran, klar das konnte passen und der würde ihn töten. Instinktiv wollte Sven fliehen. Er brach das Pinkeln ab und rannte los. Wenn er nicht so panisch gewesen wäre, dann hätte er bemerkt, wie ein Rest noch warm an seinen Beinen hinablief.

Beim Laufen sah Sven, wie der SUV an ihm vorbeifuhr und ein Stück vor ihm anhielt. Dann sah er, dass tatsächlich

Göran ausstieg, mit einer Pistole in der Hand. Und Sven rannte direkt auf ihn zu.

Svens Gehirn begann auf Hochtouren zu arbeiten. Ihm war klar, dass Weiterlaufen das dümmste wäre, was er tun konnte. Rechts neben ihm war ein hoher Maschendrahtzaun. Aber auf der anderen Straßenseite war eine Einfahrt und aus der Richtung kam auch Maschinenlärm. Das war die einzige Chance. Also rannte Sven sofort nach links über die Straße. Göran hatte offenbar verstanden, was er vorhatte und lief jetzt auch schräg auf die Einfahrt zu. Sven war zwar ein Stück voraus, aber der gut durchtrainierte Göran würde ihn irgendwann einholen. Trotzdem, es gab keine Alternative.

Als Sven durch die Einfahrt auf das Grundstück gelaufen war, bemerkte er, dass der Lärm von hinter dem Gebäude kam. Also lief er auf die Ecke zu. Denn wo es Arbeitslärm gab, da waren auch Leute und die konnte ihn schon irgendwie schützen. Also rannte Sven, so schnell er konnte, weiter, und ignorierte die Schmerzen in seiner Brust. Bloß in Sicherheit!

Als er um die Ecke bog, war er sofort demoralisiert. Ja, er sah die Quelle des Lärms, nämlich einen Radlader. Aber der befand sich auf dem Nachbargrundstück, das durch einen hohen Zaun abgetrennt war. Keine Chance dorthin zu gelangen. Also schrie Sven aus Leibeskräften um Hilfe, aber keine Reaktion. Vermutlich hörte der Fahrer ihn bei dem Lärm einfach nicht. Und Göran konnte nicht mehr weit hinter ihm sein. Sven hatte jetzt nur noch blanke Angst und konnte deshalb auch nicht mehr klar denken.

Dann sah er unmittelbar neben sich einen großen Müllcontainer und der Deckel stand offen. Mehr instinktiv als durch klaren Verstand geprägt, erkannte er hier eine Chance. Aus dem Lauf heraus versuchte er sich daran hochzuziehen und hinein zu gelangen. Das war schwieriger als gedacht, aber mit dem Mut der Verzweiflung schaffte er es schließlich über die Kante in den Container zu rollen. Dann fasste er nach oben und zog leise den Deckel zu.

So lag er dort in völliger Dunkelheit und versuchte seinen sich überschlagenden Atem unter Kontrolle zu bekommen. Wenn Göran ihn hörte, dann war es um ihn geschehen. So im Müllcontainer liegend, hatte er überhaupt keine Chance. - So lag Sven, seinem Gefühl nach eine Ewigkeit. Sein Atem wurde wenigstens ganz etwas langsamer und seine Schläfen schienen jetzt nicht mehr zu platzen. Langsam nahm er auch seine Umgebung wieder wahr. Es stank bestialisch. Offenbar lag er auf Küchen- oder Schlachtabfällen, und wenn er sich vor Angst in die Hose gemacht hätte, dann wäre das auch kein großer Unterschied gewesen. Ekel kroch in ihm hoch und er begann zu würgen. Er drehte sich zur Seite und übergab sich. Wieder und immer wieder. Und besonders schlimm wurde es, als nichts mehr kam, der Reiz und die Verkrampfungen aber nicht mehr aufhörten.

Dann hörte er plötzlich laute knackende Geräusche und es wurde hell. Göran musste wohl sein Versteck erahnt und ihn gefunden haben. Sven drehte automatisch seinen Kopf und schaute nach oben. Und – blickte in Mikes grinsendes Gesicht.

„Du kannst jetzt herauskommen", sagte dieser, „es ist alles in Ordnung."

Sven fiel ein Felsbrocken vom Herzen und aus Freude, dass er noch weiter leben würde, begann er zu weinen. Mike half ihm wieder aus dem Container heraus. Schon dabei sah er, dass Göran, mit Handschellen auf dem Rücken gefesselt, auf dem Boden lag.

„Ich glaube, dein Deo hat versagt", spottete Mike, „vielleicht solltest du einmal duschen."

59 Aufklärung

Und wieder saß Sven dem grinsenden Pferdegebiss gegenüber. Aber dieses Mal saß er nicht alleine im Büro von Kommissar Heise, denn Maya war mitgekommen.

„Tja", begann der Kommissar, „um es gleich auf den Punkt zu bringen, Göran Attika hat alles gestanden. Damit hat sich meine Vermutung bestätigt."

„Er hat also die Mordanschläge gestanden?", fragte Maya.

„Das mit den Mordanschlägen ist so eine Sache. Herr Attika hat ausgesagt, dass er, bis auf den letzten Angriff auf ihren Freund, niemanden töten wollte. Und ich glaube ihm. Ob das nun versuchter Mord war oder nicht, dass wird das Gericht entscheiden müssen. Aber immerhin hat er den Tod von Menschen billigend in Kauf genommen und Herr Preuss ist ja auch zu Tode gekommen."

„Und warum hat er es denn überhaupt getan?", fragte Sven.

„Das ist ja gerade die Sache. Was mir in seinem Lebenslauf aufgefallen ist, und mich stutzig gemacht hat, war, dass Herr Attika der ältere Halbbruder von Stefan Kleine ist. Schon als Kind hat er auf den kleinen Stefan aufpassen müssen und diese Fürsorge hat sich später offenbar fortgesetzt. Hinzu kommt noch, dass Stefan Kleine Herrn Attika einmal das Leben gerettet hat. Dabei hat er sogar sein eigenes Leben aufs Spiel gesetzt. „

„Ich verstehe", fuhr Sven fort. „Und jetzt wollte Göran Stefan weiter beschützen."

„Genau. Und selbst nach seinem Tod wollte er nicht, dass sein Ansehen durch den Dreck gezogen würde."

„Sie sagten vorhin, dass Göran niemanden töten wollte?", fragte Maya.

„Genau. Er wollte allen nur ein Abreibung verpassen und einen solchen Schrecken einjagen, dass sie Todesangst hatten. Damit wollte er Herrn Preuss, Herrn Severin und letzlich auch sie mundtot machen."

„Und wie haben sie ihn provoziert? Ich meine, sie waren sich doch vollkommen sicher, dass er kurzfristig auf mich losgehen würde."

„Tja", begann Kommissar Heise nach einer Pause, „eigentlich darf ich das nicht erzählen. Aber ich vertraue ihnen. Sie dürfen mit niemanden darüber sprechen und im Übrigen werde ich alles leugnen."

"Das kommt mir doch irgendwie bekannt vor", dachte Sven. Doch er nickte zur Bekräftigung. Und auch Maya sprach ihre Zustimmung aus.

Erst danach fuhr der Kommissar fort. „Ach, das war ganz einfach. Ich habe ihm gesagt, dass sie sehr froh wären, dass Herr Kleine tot sei. Sie hätten gesagt, dass ein solches Arschloch eine solche Firma nicht ruinieren dürfe. Und dann habe ich noch durchblicken lassen, dass sie eventuell am Flugzeug etwas manipuliert haben könnten."

„Ist das nicht ziemlich niederträchtig", fragte Maya.

„Und außerdem haben sie ihn doch zu einer Straftat angestachelt. Das ist doch sicher strafbar", ergänze Sven.

„Tja, das ist so eine Sache. Manchmal macht Not eben erfinderisch und außerdem gibt es für das Gespräch keine Zeugen. Ich werde alles leugnen."

„So ein Schlitzohr", dachte Sven, „das habe ich dem Alten gar nicht zugetraut."

Dann kam ihn noch ein anderer Punkt in den Sinn. „Aber ich hätte an dem Flugzeug doch gar nichts machen können. Ich habe ja noch nicht einmal gewusst, das er Flugunterricht nahm."

„Das ist richtig. Aber in seiner Wut hat Herr Attika nicht mehr logisch nachgedacht. Er hat sich offenbar voll und ganz auch seine Rache konzentriert. Das hatte ich mit eingeplant."

„Und wenn er ganz anders reagiert hätte?"

„Glauben sie mir, ich bin schon lange genug dabei. Da lernt man, wie Menschen in extremen Situationen reagieren. - Ach übrigens, ich soll von Mike grüßen."

„Danke, grüßen sie recht herzlich zurück. Eine Frage habe ich noch: war dieser Fall aber nicht irgendwie sehr speziell? Ich meine, so etwas haben sie doch nicht alle Tage?"

„Schon. Aber vieles erinnert mich sehr an einen meiner letzten Fälle", sagte Kommissar Heise, "an 'Tot in Bergedorf'. Darüber ist sogar ein Buch geschrieben worden".

„Vielleicht schreibt ja wieder jemand ein Buch über diesen Fall", sagte Maya.

„Wer sollte das denn tun?"

60 Epilog

"Kuckuck, kuckuck, kuckuck, kuckuck."

Maya schaute auf ihre Kuckucksuhr und freute sich. Wie hat sich seit damals doch alles verändert.

„Übrigens", sagt Sven, „ich habe gestern Ina getroffen. Du wirst dich ganz bestimmt noch an sie erinnern." Dabei nahm er noch ein weiteres Stück Kuchen, das Maya für den Sonntagskaffee gebacken hatte.

„Natürlich." Und wie sie sich an diese blöde Gans erinnern könnte. „Wo hast du sie denn getroffen und was hat sie gesagt?"

„Sie hat bei uns bei der Zeitung wieder einen Job bekommen." Sven wunderte sich, wie selbstverständlich das ‚uns' im Zusammenhang mit seinem neuen Job bei der Zeitung schon geworden war. Dabei hatte er diese Arbeit als Systemadministrator erst seit zwei Wochen. Nils hatte sie ihm besorgt, nachdem bei Sanophil die IT-Abteilung aufgelöst und Sven gekündigt worden war. „Aber sie ist nicht wieder als Gruppenleiterin angestellt worden, sondern als ganz einfache Sachbearbeiterin."

Sven schlürfte erst einmal einen Schluck Tee bevor er fortfuhr. „Sie hat nach dir gefragt. Ihr tat es sehr leid, wie sie dich damals behandelt hat und sie würde sich gerne bei dir persönlich dafür entschuldigen. Sie sagte, dass sie damals irgendwie aufs falsche Gleis geraten wäre. Irgendwie tat sie mir leid."

„Wenn du sie wieder siehst, dann sage ihr, dass ich die Entschuldigung annehme. Aber ich möchte sie nicht unbedingt wieder sehen oder sprechen. Die alte Wunde muss nicht wieder aufgerissen werden. Und wenn ich ganz ehrlich sein soll, dann gefällt mir meine neue Halbtagsstelle bei der Kriminalpolizei im Labor viel besser."

„Und außerdem hast du ja auch mehr Zeit für Annalena."

„Genau. Ich bin Kommissar Heise so dankbar, dass er mir die Stelle besorgt hat. Ob er schon wieder an einem neuen Fall arbeitet?"

„Tja, dass ist sicher so eine Sache ...."

Plötzlich mussten beide laut lachen. Annalena sah zu ihnen herüber ohne den Grund für diese anscheinend lustige Sache zu verstehen.

„Was meinst du Sven, wollen wir den Kommissar nicht zu unserer Hochzeit einladen?"

Lust auf mehr?

Vom selben Autor sind im gleichen Verlag zwei weitere Romane erschienen:

Tot in Bergedorf
Krimi um Computer und Betrug

Der Informatik Dozent Andrej arbeitet nebenher noch für Polizei und Geheimdienst. Als er in Bergedorf getötet wird, versuchen seine Freundin und ein zufällig beteiligter Student die Tat aufzuklären. Dabei stoßen sie auf weitere Verbrechen. Doch lässt sich das Puzzle um Andrej vollständig zusammenfügen?

Das Inselgen
Umweltkrimi

1992 - Auf der nordfriesischen Insel Föhr gibt es plötzlich unerklärliche Wahnsinnsanfälle. Professor Brunner, dessen Frau auch betroffen ist, wird in die Untersuchungen einbezogen. Das Profitstreben der Industrie sowie die Vogelstrauß Politik der Landesregierung scheinen zu einer globalen biologischen Katastrophe zu führen.